PETITS CLASSIQUES

LAROUSSE

Collection fondée par Félix Guirand, Agrégé des Lettres

P9-BYW-120

Le Cid

CORNEILLE

tragi-comédie

Édition présentée,
annotée et commentée
par
Évelyne AMON
Certifiée de Lettres modernes

www.petitsclassiques.com

SOMMAIRE

Avant d'aborder le texte

Le Cid
CORNEILLE

Comment lire l'œuvre

Avant d'aborder le texte

Le Cid

Genre : tragi-comédie en vers, rebaptisée tragédie dans l'édition de 1648.

Auteur : Pierre Corneille (1606-1684).

Structure : cinq actes (acte I, 6 scènes ; acte II, 8 scènes ; acte III, 6 scènes ; acte IV, 5 scènes ; acte V, 7 scènes) ; 1 840 vers.

Lieu de l'action : Séville, en Espagne du Sud.

Époque de l'action : le XIe siècle.

Contexte historique : la Reconquista chrétienne sur les musulmans en Espagne (les Maures).

Principaux personnages :
– grands seigneurs au service du roi : don Diègue, père de Rodrigue, et le comte de Gormas, père de Chimène ;
– Rodrigue (qui sera surnommé le Cid) et Chimène, leurs enfants, qui s'aiment passionnément ;
– don Fernand, roi de Castille ; sa fille l'infante, amoureuse de Rodrigue ;
– don Sanche, gentilhomme, prétendant de Chimène ;
– Elvire, gouvernante de Chimène ; Léonor, gouvernante de l'infante.

Thèmes essentiels : la vengeance, l'amour, le devoir.

Sujet : don Diègue et le comte de Gormas ont décidé d'unir leurs enfants qui s'aiment. Mais le comte, jaloux de se voir préférer le vieux don Diègue pour le poste de précepteur du prince, donne un soufflet à son rival. Don Diègue, affaibli par l'âge, remet sa vengeance entre les mains de son fils Rodrigue qui, déchiré entre son amour et son devoir, finit par écouter la voix du sang et tue en duel le père de Chimène. Sans renier son amour, Chimène demande la tête de Rodrigue au roi. Mais l'attaque du royaume par les Maures donne à Rodrigue l'occasion de montrer sa valeur et d'obtenir le pardon du roi. Plus que jamais amoureuse de Rodrigue devenu un héros national, Chimène reste sur sa position et obtient du roi un duel entre don Sanche et Rodrigue. Elle promet d'épouser le vainqueur. Rodrigue victorieux reçoit du roi la main de Chimène : le mariage sera célébré dans un délai d'un an.

1re représentation : le 7 janvier 1637, au théâtre du Marais.

*Jean Vilar (don Diègue) et Gérard Philipe (Rodrigue)
dans une mise en scène de Jean Vilar au TNP, 1951.*

PIERRE CORNEILLE
(1606-1684)

Une solide éducation

1606

Naissance le 6 juin de Pierre Corneille à Rouen, capitale de l'édition et de l'imprimerie à l'époque. Il est le fils aîné d'une famille bourgeoise de six enfants (cinq frères et une sœur). Son père est maître des Eaux et Forêts, sa mère fille d'avocats.

1615-1622

Pierre Corneille fait ses études au collège des jésuites de Rouen. C'est un élève brillant qui se passionne pour le latin et pour le théâtre.

1624

Licencié en droit, il devient avocat. Pendant ses études, il écrit des poèmes pour Catherine Hue, son premier amour.

1628

Il devient avocat du roi au siège des Eaux et Forêts et à l'Amirauté de France, poste purement administratif qui lui assure des revenus assez modestes. Parallèlement, il s'engage dans une carrière d'auteur dramatique. Pendant plus de vingt ans, il assumera cette double fonction.

En route vers le succès

1629

Corneille commence sa carrière d'auteur dramatique à l'âge de vingt-trois ans. Il propose sa première pièce, une comédie intitulé *Mélite*, à la troupe de Mondory qui deviendra la célèbre troupe du Marais. Présentée à Paris, la pièce enthousiasme le public et donne une popularité immédiate à son auteur.

1631

Corneille écrit sa première tragi-comédie *Clitandre ou L'Innocence délivrée*.

1632

Clitandre est publiée dans le même volume que les vers de jeunesse, *Les Mélanges poétiques*.

1633

La Veuve ou Le Traître trahi, La Galerie du Palais, comédies. Mondory donne une pièce de Corneille devant le roi Louis XIII qui est de passage dans la région de Rouen. Corneille compose des vers latins en l'honneur du souverain, et pour la première fois, le journal *La Gazette* mentionne son nom.

1634

La Suivante, La Place Royale ou L'Amoureux extravagant, comédies. Jusqu'en 1647, Corneille donnera toutes ses pièces à jouer à la troupe du Marais qu'il abandonnera à cette date pour suivre Floridor, son comédien favori, parti à l'Hôtel de Bourgogne.

1635

Médée, première tragédie de Corneille qui s'essaye à un genre très en vogue. Corneille et quatre auteurs dramatiques contemporains forment le groupe des Cinq qui crée sur la demande de Richelieu *La Comédie des Tuileries*. Corneille reçoit une pension, versée jusqu'en 1643.

1636

L'Illusion comique, comédie, première pièce d'inspiration espagnole.

La gloire... et les ennuis

1637

Début janvier, présentation de la tragi-comédie *Le Cid*. Cette pièce marque un tournant décisif dans la carrière et la vie de

Corneille. En associant une histoire d'amour passionnée à un conflit politique, Corneille vient d'exprimer la sensibilité de son époque. La pièce triomphe à Paris et déclenche débats et contestations : c'est la querelle du *Cid* (voir p. 28) lancée par Mairet et Scudéry. En fin d'année, Richelieu la clôt par la publication des *Sentiments de l'Académie*. La pièce publiée est dédiée à Madame de Combalet, la nièce de Richelieu.

1639
Mort du père de Corneille. L'écrivain devient le tuteur de ses frères et sœurs encore mineurs.

Succès et revers

1640-1642
Horace (1640), première tragédie romaine de Corneille, connaît un grand succès. Âgé de trente-cinq ans, Corneille épouse Marie Lampérière (1641) avec qui il aura sept enfants. Il crée *Cinna* (1641), tragédie romaine qui triomphe sur la scène parisienne. Désormais auteur reconnu, il est bien vu du pouvoir.

1643-1644
Polyeucte (1643) tragédie chrétienne, *La Mort de Pompée*, tragédie ; *Le Menteur*, comédie (1644). Corneille se présente en 1644 à l'Académie française, assemblée de gens de lettres se donnant pour mission « l'embellissement de la langue », mais il est refusé. Le premier recueil de ses œuvres est publié.

1645
Rodogune, tragédie. Sur la demande de Mazarin, Premier ministre de Louis XIV, Corneille compose des textes à la gloire du roi.

1647
Le 22 janvier, Corneille est reçu à l'Académie française. *Héraclius*, tragédie.

1650
Sur la demande de Mazarin, Corneille collabore à *Andromède*, une tragédie à musique qui lui vaut une subvention importante. Au plus fort des troubles de la Fronde (révolte de la noblesse

contre le pouvoir royal), Corneille est nommé procureur des États de Normandie en remplacement d'un ennemi de Mazarin. Il quitte alors ses fonctions d'avocat du roi au siège des Eaux et Forêts et à l'Amirauté de France.

1651

Nicomède, tragédie, triomphe auprès du public mais déplaît à Mazarin.

Corneille se voit retirer sa charge de procureur des États de Normandie qui est rendue à son ancien titulaire. Il reste sans emploi officiel.

1652-1656

Pertharite, tragédie (1651). À partir de cette date, Corneille n'écrit plus de pièces. Il se consacre à la traduction en vers d'un long texte latin : l'*Imitation de Jésus-Christ* qui sera un grand succès de librairie.

Le prince des auteurs

1659

Pensionné par le surintendant des Finances Fouquet, également ministre de Louis XIV, Corneille revient au théâtre avec *Œdipe*, tragédie qui, écrite à la demande du surintendant, est accueillie avec enthousiasme.

1660

Il achève l'édition complète de son théâtre. Chaque volume est précédé d'un *Discours* ; chaque pièce – dont *Le Cid* – est accompagnée d'un *Examen* dans lequel il explique ses choix et sa technique dramatique.

1661

La Toison d'or, tragédie à grand spectacle, obtient un succès extraordinaire.

1662

Sertorius, tragédie, est présentée au théâtre du Marais. Corneille déménage à Paris.

1663

Sophonisbe, tragédie, est donnée à l'Hôtel de Bourgogne. La pièce déclenche une violente polémique. Le « prince des auteurs », comme l'appellent ses admirateurs, n'est plus vraiment au goût du jour et ses partisans s'affrontent aux défenseurs de la nouvelle tragédie que symbolise Racine, jeune auteur à la mode et concurrent de Corneille. Corneille, désormais auteur classique, publie son théâtre complet : c'est la consécration. Comme les gens de lettres et les savants contemporains, il reçoit désormais une pension que le roi lui versera jusqu'en 1674. Son théâtre paraît sous la forme d'une luxueuse édition en deux volumes.

Le déclin d'un grand homme

1664-1667

Plusieurs tragédies se succèdent : *Othon* (1664), *Agésilas* (1666) qui subit un échec, *Attila* (1667) jouée par la troupe de Molière. Mais Racine triomphe avec *Andromaque* (1667) et fait de l'ombre à Corneille. Le « grand Corneille » d'autrefois devient pour ses détracteurs le « vieux Corneille ». Il perd un fils à la guerre (1665).

1670-1671

Tite et Bérénice (1670), comédie héroïque, est jouée huit jours après la *Bérénice* de Racine qui plaît davantage au public. *Psyché* (1671), tragédie-ballet, avec Molière.

1672

Pulchérie, comédie héroïque.

1674-1676

Corneille perd un second fils à la guerre. Sa dernière tragédie, *Suréna* (1674), ne remporte aucun succès. Âgé, fatigué, malade, il prend une retraite définitive. Le roi lui rend hommage en faisant représenter à Versailles six de ses pièces (1676).

1677

« Corneille est de nouveau à la mode [...] On reprend ses vieilles comédies.

Le pauvre Corneille en est si si aise [...] qu'il veut avant sa fin composer une jolie comédie. » (La Palatine)

1682

Dernière édition complète de son théâtre. Durant toute sa vie, Corneille aura révisé ses textes jusqu'à ce qu'ils lui donnent entière satisfaction.

1684

Mort de Corneille à Paris (1er octobre) à l'âge de soixante-dix-huit ans. En 44 ans, il a écrit 33 pièces de théâtre. Racine prononce un éloge du grand Corneille.

Histoire et politique

Premier ministre tout-puissant de Louis XIII, Richelieu travaille à l'établissement d'un État fort qui centralise tous les pouvoirs sur la personne du roi. Il se bat pied à pied avec les grands seigneurs indépendants qui, héritiers de la tradition féodale, résistent à cette politique. L'échec de la Fronde en 1652 marque l'avènement du pouvoir absolu et l'échec de la noblesse féodale.

À l'extérieur, la guerre de Trente Ans continue. La France est menacée d'invasion par les Espagnols qui s'emparent de Saint-Jean-de-Luz dans le Sud-Ouest et de Corbie dans le Nord (15 août 1636). C'est la panique à Paris, bien que ces deux villes soient reprises par les troupes françaises.

« Tout fuyait, et on ne voyait que carrosses, coches et chevaux sur les chemins d'Orléans et de Chartres, qui sortaient de cette grand ville pour se mettre en sûreté, comme si déjà Paris eût été au pillage. On n'entendait que murmure de la populace contre le cardinal [...] mais lui, qui était intrépide, pour faire voir qu'il n'appréhendait rien, monta dans son carrosse et se promena sans gardes dans les rues, sans que personne lui osât dire mot. »

Mémoires de Montglas.

Arts et culture

Le théâtre

Passe-temps favori de la noblesse, le théâtre est à la mode. Encouragé par Richelieu, il est célébré par Corneille dans *L'Illusion comique* :

> « À présent le théâtre
> Est en un point si haut que chacun l'idolâtre
> Et ce que votre temps voyait avec mépris
> Est aujourd'hui l'amour de tous les bons esprits. »

(v. 1645-1648.)

Sur la scène parisienne, le théâtre du Marais, subventionné par le roi et Richelieu, triomphe, notamment grâce à l'acteur Mondory qui attire les foules et qui excellera dans le rôle de Rodrigue. Il est concurrencé par l'Hôtel de Bourgogne où est établie la Troupe royale.

Les salles présentent un parterre où s'entasse debout un public populaire tandis que des loges et des galeries latérales accueillent les gens de qualité. Nombreux sont parmi eux ceux qui s'installent à prix fort sur les côtés de la scène « pour se faire voir et pour avoir le plaisir de conter des douceurs aux actrices » (J. N. de Tralage). Pour les princes, les mousquetaires et les pages du roi, l'entrée est gratuite.

Les représentations programmées à 14 heures ne commencent qu'à 16 ou 17 heures, après vêpres. Le décor présente sur scène tous les lieux où se déroule la pièce et les acteurs se déplacent d'un lieu à l'autre. Après le triomphe de la tragédie classique, le décor se limitera à un lieu unique : le palais.

Les costumes tiennent davantage compte de la mode que de la vérité historique.

L'architecture

En architecture, la première moitié du siècle voit l'édification de palais somptueux comme le palais du Luxembourg et le Palais cardinal (Palais-Royal), marque d'un siècle grandiose épris de luxe.

La peinture

En peinture, c'est l'époque où triomphent Nicolas Poussin, Rubens, Rembrandt et Velázquez.

Littérature

L'année 1635 voit la fondation officielle de l'Académie française : désormais, la langue et la littérature françaises seront affaire de théoriciens. Réglementées, elles évolueront sous le contrôle de cette institution prestigieuse et toute-puissante à laquelle tous les auteurs rêveront d'appartenir.

L'époque du *Cid* marque le passage du baroque (fantaisie et mouvement) au classicisme (rigueur et raison). Représenté par le courant précieux qui s'illustre avec les poètes Saint-Amant, Tristan L'Hermite, Vincent Voiture et par la romancière Madeleine de Scudéry, le baroque se double d'un mouvement littéraire qui préconise le règne de la raison et la recherche de la vérité, avec notamment les œuvres de Descartes et de Pascal.

La vie littéraire se déploie également dans les salons, notamment à l'Hôtel de Rambouillet où se réunit l'élite intellectuelle de l'époque, dont Corneille fait partie.

Le Cid dans l'œuvre de Corneille

Le Cid, tragi-comédie que Corneille rebaptise tragédie douze ans après sa création, fait partie des œuvres de jeunesse de l'auteur. Elle est suivie de trois tragédies romaines : *Horace*, *Cinna*, *Polyeucte*, dans lesquelles on trouve les thèmes fondateurs de l'œuvre : héroïsme généreux, sentiment et raison d'État, passion et devoir. Si ces pièces restent les tragédies les plus connues de Corneille, *Le Cid* occupe pourtant une place à part. En effet, sur un plan professionnel, c'est la pièce qui lance véritablement la carrière de Corneille et qui le propulse au premier rang. Sur un plan esthétique, elle est imprégnée d'une fougue particulière, d'une impétuosité qui fera défaut aux autres pièces inscrites dans le moule contraignant de la tragédie classique. Enfin, sur le plan de l'histoire littéraire, elle marque le passage de la tradition baroque, à laquelle appartient le genre de la tragi-comédie, à la tradition classique. Par le débat qu'elle provoque, elle sert de catalyseur à l'art classique dont elle aide à imposer les codes.

*Jean Marais (don Diègue), dans la mise en scène de Francis Huster,
théâtre du Rond-Point, 1985.*

Vie	Œuvres
1606 Naissance de Pierre Corneille.	
1615-1622 Études au collège des jésuites, à Rouen.	
1624 Licencié en droit. **1628** Nommé avocat du roi au siège des Eaux et Forêts et à l'Amirauté de France.	**1629** *Mélite*, comédie. **1630** *Clitandre*, tragi-comédie.
	1634 *La Place Royale*, comédie. **1635** *Médée*, tragédie.
	1636 *L'Illusion comique*, comédie. *Le Cid*, tragi-comédie.
1637 Le père de Corneille est anobli.	
1639 Mort du père de Corneille.	
	1640 *Horace*, tragédie.
1641 Mariage avec Marie de Lampérière.	**1641** *Cinna*, tragédie.
1642 Naissance de Marie, sa première enfant.	**1643** *Polyente*, tragédie.

ÉVÉNEMENTS CULTURELS ET ARTISTIQUES	ÉVÉNEMENTS HISTORIQUES ET POLITIQUES
1606 Débuts de Malherbe à la cour.	
	1610 Assassinat d'Henri IV. Régence de Marie de Médicis.
	1618 Début de la guerre de Trente Ans.
1628 Mort de Malherbe.	**1628** Siège de La Rochelle.
	1629 Richelieu, « principal ministre ».
1631 Mort de Guilhem de Castro. Naissance du journalisme : Renaudot fonde sa *Gazette*. **1632** Rembrandt : *La Leçon d'anatomie*.	**1632** Révolte et exécution de Henri de Montmorency.
1635 Fondation officielle de l'Académie française.	**1635** Déclaration de guerre à l'Espagne.
	1636 Complot de Gaston d'Orléans.
1637 Descartes : *Discours de la méthode*.	
	1638 Naissance de Louis XIV.
1639 Naissance de Racine. **1640** Mort de Rubens.	
	1641 Complot du comte de Soissons.
1642 Descartes : *Méditations métaphysiques*.	**1642** Complot et exécution de Cinq-Mars. Mort de Richelieu, remplacé par Mazarin.

Vie	Œuvres
1643 Naissance de Pierre, son deuxième enfant.	1643 *Polyeucte*, tragédie. *La Mort de Pompée*, tragédie. *Le Menteur*, comédie.
1645 Naissance de François, son troisième enfant.	1645 *Rodogune*, tragédie.
	1647 *Héraclius*, tragédie.
1650 Naissance de Marguerite, sa quatrième enfant. Corneille procureur des États de Normandie.	1650 *Andromède*, pièce à machines.
1651 Corneille privé de charges officielles.	1651 *Nicomède*, tragédie. *Pertharite*, tragédie.
1652 Naissance de Charles, son cinquième enfant.	1652 Traduction de *L'Imitation de Jésus-Christ*.
1655 Naissance de Madeleine, sa sixième enfant.	
1657 Naissance de Thomas, son septième et dernier enfant.	
	1659 *Œdipe*, tragédie.
	1660 *Trois Discours sur le poème dramatique*, *La Toison d'or*, pièce à machines (triomphe).
1662 Installation à Paris.	1662 *Sertorius*, tragédie.

ÉVÉNEMENTS CULTURELS ET ARTISTIQUES	ÉVÉNEMENTS HISTORIQUES ET POLITIQUES
	1643 Mort de Louis XIII, régence d'Anne d'Autriche. Victoire de Condé à Rocroi.
1646 Molière fait ses débuts en province. **1647** Vaugelas : *Remarques sur la langue française.* **1648** Fondation de l'Académie de peinture et de sculpture. **1649** Descartes : *Traité des passions de l'âme.* **1650** Mort de Descartes.	**1648** Traités de Westphalie. **1649** Début de la Fronde des princes.
1651 Scarron : *Le Roman comique.*	
	1652 Fin de la Fronde. **1653** Fouquet, surintendant des Finances.
1656 Pascal : *Provinciales.*	
1659 Molière : *Les Précieuses ridicules.*	**1659** Paix des Pyrénées avec l'Espagne.
	1661 Mort de Mazarin, Louis XIV gouverne.
1662 Molière : *L'École des femmes.* Mort de Pascal.	**1662** Colbert ministre.

Vie	Œuvres
1663 Corneille pensionné.	
	1664 *Othon*, tragédie.
1665 Mort d'un fils à la guerre.	
	1666 *Agésilas*, tragédie (échec).
	1667 *Attila*, tragédie.
	1670 *Tite et Bérénice*, tragédie héroïque.
	1671 *Psyché*, comédie-ballet, en collaboration avec Molière.
1674 Mort d'un second fils à la guerre. **1675** Pension royale supprimée.	**1674** *Suréna*, tragédie, passe inaperçue.
1682 Dernière édition de son théâtre en quatre volumes. **1684** Mort de Corneille à Paris (1er octobre).	**1682** Reprise triomphale d'*Andromède*.

ÉVÉNEMENTS CULTURELS ET ARTISTIQUES	ÉVÉNEMENTS HISTORIQUES ET POLITIQUES
1664 Racine : *La Thébaïde*. Molière : *Le Tartuffe*. **1665** La Fontaine : *Contes et Nouvelles en vers*. Mort du peintre Poussin. **1666** Molière : *Le Misanthrope*, *Le Médecin malgré lui*. **1667** Racine : *Andromaque* montée par Molière. **1668** La Fontaine : *Fables*. **1670** Racine : *Bérénice*. Bossuet : *Oraison funèbre d'Henriette d'Angleterre*. Pascal : *Pensées*. **1671** Racine : *Bajazet*. Molière : *Les Femmes savantes*. **1673** Mort de Molière. Racine : *Mithridate*. **1674** Racine : *Iphigénie en Aulide*. Boileau : *Art poétique*. **1677** Racine : *Phèdre*. **1678** Madame de La Fayette : *La Princesse de Clèves*. La Fontaine : *Fables*.	**1666** Mort d'Anne d'Autriche. Fondation de l'Académie des sciences. **1672** Déclaration de guerre à la Hollande. Guerre de Hollande.

La création du *Cid*

Comment Corneille a-t-il eu l'idée d'écrire *Le Cid* ?

Si l'on en croit la légende, tout commence le jour où Corneille rencontre un certain M. de Chalon, ancien secrétaire de la reine. L'historien de théâtre Beauchamp raconte cette mémorable visite :

« Monsieur, lui dit M. de Chalon après l'avoir loué sur son esprit et sur ses talents, le genre de comique que vous embrassez ne peut vous procurer qu'une gloire passagère. Vous trouverez dans les Espagnols des sujets qui, traités dans notre goût, par des mains comme les vôtres, produiront de grands effets. »

Il lui propose alors de lire une pièce intitulée *Las Mocedades del Cid (Les Enfances du Cid)*. Cette comédie de Guilhem de Castro parue en 1631 met en scène le Cid, fameux chevalier espagnol du nom de Rodrigo Díaz de Vivar (1030 à 1099), sorte de héros national dont de nombreux poèmes célèbrent, depuis des siècles, la bravoure, la générosité, la beauté. Elle retrace un épisode fameux de son histoire devenue légendaire : don Rodrigue, promu par le roi de Castille au rang de Cid Campeador (Seigneur) après avoir lutté victorieusement contre les Maures, épousa la fille d'un homme qu'il avait tué. Cette conduite, au Moyen Âge, n'avait rien de choquant. Elle correspondait à une coutume féodale consistant pour un meurtrier à remplacer le soutien dont il avait privé la fille de son ennemi.

Corneille entrevoit immédiatement le parti qu'il peut tirer d'une telle histoire. En France, la littérature espagnole est à la mode : Guilhem de Castro offre un modèle de grande qualité. À lui, Corneille, de s'en inspirer pour écrire un chef-d'œuvre qui portera sa marque. Avec l'histoire du Cid, il tient un sujet en or, idéal pour une tragi-comédie. Ce sera à la fois le triomphe d'un genre et d'un auteur.

Comment Corneille s'est-il servi de la pièce espagnole ?

On a accusé Corneille d'avoir plagié *Las Mocedades del Cid*. Il s'en défendra, preuves à l'appui. De tout temps, les auteurs ont emprunté à leurs prédécesseurs des idées, des thèmes, des situations auxquels ils ont imprimé la marque de leur génie. La Fontaine, par exemple, s'est inspiré des fables de l'écrivain grec Ésope.

Lors de la fameuse querelle du *Cid* (voir p. 28), Scudéry, principal ennemi de Corneille, essaya de montrer que « presque tout l'ordre, scène pour scène, et toutes les pensées » du *Cid* étaient imités de la pièce espagnole. Un autre contemporain écrivit : « Il ne vous était pas difficile de faire un beau bouquet de jasmins d'Espagne, puisqu'on vous a apporté les fleurs toutes cueillies dans votre cabinet et qu'il ne vous a fallu qu'un peu d'adresse pour les arranger en leur lieu de bonne grâce » (« Lettre du sieur Claveret au sieur Corneille soi-disant auteur du *Cid* »). Pour finir, l'Académie, assemblée de spécialistes chargés de fixer le sens des mots et d'énoncer des règles, innocenta Corneille.

Comment l'actualité de 1637 a-t-elle marqué la pièce ?

Corneille est un homme de son temps. Même s'il s'inspire d'un événement survenu six cents ans plus tôt, il introduit dans sa pièce des éléments propres à la société de son époque.

• *La guerre avec l'Espagne*

Depuis 1635, la France est en guerre avec l'Espagne. Au printemps de 1636, au moment où Corneille écrit *Le Cid*, l'ennemi envahit la France par le nord (les Pays-Bas étaient alors espagnols) et se dirige vers Paris. Le roi, pour empêcher l'accès à la ville, ordonne la destruction des ponts de l'Oise. Qu'à cela ne tienne : les Espagnols s'emparent de Corbie, en Picardie, à 100 km de Paris, provoquant une panique générale dans la capitale. Mais Richelieu ne perd pas son sang-froid : il ordonne une contre-offensive et les troupes françaises repoussent les troupes espagnoles. La France respire et rend grâce au pouvoir royal d'avoir si bien défendu le pays.

On ne peut nier que cet événement de l'histoire nationale ait influencé Corneille : Rodrigue vainqueur des Maures (acte V, scène 3) n'est-ce pas aussi Richelieu écrasant les troupes espagnoles ?

• *Les ravages du duel*

À l'origine vengeance familiale, le duel est un combat entre deux gentilshommes dont l'un a demandé à l'autre réparation d'une offense par les armes. C'est une forme de justice personnelle qui s'exerce en dehors du contrôle de tout tribunal.

De 1598 à 1608, le duel a coûté la vie à près de huit mille gentilshommes, faisant plus de victimes que les guerres civiles. Henri IV, puis Richelieu, s'attaquent de front à ce grave problème : depuis le début du XVIIe siècle, une série de lois réglementent les conflits, et, en 1613, le combat judiciaire est formellement interdit. On le remplace par un code de criminalité : à chaque faute correspond une peine prononcée par des juges. Pourtant les duels continuent, dans l'illégalité : les nobles préfèrent vider eux-mêmes leurs querelles, conformément à la tradition féodale.

Dans *Le Cid*, deux duels ont lieu. Le premier (acte II, scène 2), qui oppose Rodrigue au comte, est illégal. On comprend alors pourquoi Chimène demande justice au roi : le coupable doit être puni, c'est la loi. Le second, où s'affrontent Rodrigue et don Sanche, est organisé à la demande de Chimène, avec l'autorisation exceptionnelle du roi (acte IV, scène 5), manière indirecte de souligner qu'il n'y a plus désormais de justice en dehors de la justice royale et que les temps héroïques où chaque seigneur réglait ses propres comptes sont révolus.

• *Le renforcement du pouvoir royal*

En 1637, quand est donné *Le Cid*, un tournant s'amorce inexorablement au sein de la société française. Louis XIII et Richelieu, Mazarin puis Louis XIV veulent forcer les grands seigneurs à entrer dans les rangs du pouvoir royal.

La France devient un État fortement centralisé : le roi tient son pouvoir de Dieu ; ses sujets lui doivent respect et soumission ; il s'impose comme un souverain absolu. Les grands seigneurs de l'époque l'apprendront à leurs dépens car la Fronde coûtera la vie à nombre d'entre eux.

Dans *Le Cid*, don Gomès appartient précisément à la noblesse qui refuse de se soumettre au pouvoir royal alors que Rodrigue se définit fièrement comme un sujet entièrement dévoué au roi.

La réception de la pièce

À l'époque de la création du *Cid*, Corneille était un auteur connu et admiré. Il avait déjà créé six comédies, une tragédie et une tragi-comédie. Il faisait partie de la société des Cinq Auteurs fondée par Richelieu en faveur du développement de l'art dramatique en France.

Un triomphe sans précédent

Écrite en 1636, *Le Cid* fut représentée pour la première fois à une date qui reste incertaine (entre fin novembre 1636 et début 1637 ; sans doute le 7 janvier) au théâtre du Marais. La pièce obtint un triomphe et resta longtemps à l'affiche. Trois représentations eurent lieu à la cour et deux à l'Hôtel de Richelieu, ce qui ne manqua pas d'éveiller la jalousie des auteurs concurrents. Contrairement à l'usage, la pièce fut publiée en mars 1637 alors que *Le Cid* faisait encore salle comble, ce qui, à l'époque, est la marque d'un succès exceptionnel.

« La foule a été si grande à nos portes, et notre lieu s'est trouvé si petit, que les recoins du théâtre, qui servaient autrefois comme de niches aux pages, ont été des places de faveur. »

> Lettre de Mondory, comédien et directeur
> de la troupe de théâtre du Marais.

Certains critiques expliquent le succès phénoménal de la pièce par son actualité : la France est en guerre avec l'Espagne, Richelieu fait un bras de fer avec les grands seigneurs du royaume au sujet du duel et plus largement avec les grands seigneurs trop indépendants qu'il veut ramener dans le giron du pouvoir au profit d'un État fort. Sur le plan esthétique, le public de Corneille est conquis par le romanesque des situations. Formé à la tradition baroque et à la tragi-comédie, il s'enthousiasme pour cette pièce qui centre l'intrigue sur une très belle histoire d'amour. En même temps, il est séduit par le débat qu'elle ouvre sur les tensions entre le sentiment et le devoir, débat qui lui donne un avant-goût de la tragédie classique. Et pourtant, à ce succès populaire répond une levée de bouclier chez les confrères de Corneille. C'est la fameuse querelle du *Cid*.

La querelle du *Cid* (février-décembre 1637)

Elle est d'abord motivée par des raisons politiques : le Premier ministre Richelieu se montre réservé devant une pièce qui dépeint les prestiges de l'Espagne, ennemie de la France : « Quand *Le Cid* parut, le cardinal en fut aussi alarmé que s'il avait vu les Espagnols devant Paris » (Boileau). Sur le plan de la politique intérieure, les trois duels (dont l'un cause la mort d'un homme et le troisième est autorisé par le roi) mis en scène dans la pièce indisposent Richelieu qui vient d'interdire cet usage en France.

Mais la querelle s'explique aussi par des raisons littéraires : par son succès, la pièce de Corneille éveille les jalousies des auteurs concurrents, notamment de Mairet et de Scudéry. Sur un plan technique, elle n'entre pas dans le moule de la tragédie classique qui est précisément en train d'imposer sa loi, et, par sa liberté, prête le flanc à la critique des puristes. Entre janvier 1637 et décembre 1638, c'est-à-dire pendant deux années entières, trente-quatre textes sont publiés sur *Le Cid* : une dizaine de textes attaquent violemment Corneille, une vingtaine prennent sa défense.

Corneille met le feu aux poudres en rédigeant fin février 1637 un texte, l'*Excuse à Ariste*, dans lequel il vante sa supériorité d'auteur, attisant ainsi l'amertume de ses rivaux.

« Je sais ce que je vaux et crois ce qu'on m'en dit […]
Je ne dois qu'à moi seul toute ma renommée,
Et pense toutefois n'avoir point de rival
À qui je fasse tort en le traitant d'égal. »

La réponse ne se fait pas attendre. Dans un pamphlet, l'« auteur du vrai *Cid* espagnol à son traducteur français », Mairet accuse Corneille d'avoir plagié l'auteur du vrai *Cid* espagnol :

« Ingrat, rends-moi mon *Cid* jusques au dernier mot.
Après tu connaîtras, Corneille déplumée,
Que l'esprit le plus vain est aussi le plus sot,
Et qu'enfin tu me dois toute ta renommée. »

Le 1er avril, Scudéry, dans ses *Observations sur « Le Cid »*, déclare au sujet de la pièce :

« Que le sujet n'en vaut rien du tout,
Qu'il choque les principales règles du poème dramatique,
Qu'il a beaucoup de méchants vers,
Que presque tout ce qu'il a de beautés sont dérobées. »

À cela, Scudéry ajoute que « Chimène est scandaleuse, sinon dépravée ». Non seulement la pièce est mauvaise mais elle est immorale !

Corneille répond à Scudéry par une *Lettre apologétique* dans laquelle il refuse toute discussion. En juin 1637, Scudéry demande alors l'arbitrage de l'Académie française et Corneille accepte cette tentative de conciliation. Mais la querelle n'en continue pas moins pendant que les membres de l'Académie examinent la question. Pour finir, Richelieu, incommodé par ce scandale, exige l'arrêt de la polémique.

Finalement, en décembre, *Les Sentiments de l'Académie sur « Le Cid »*, texte mis au point par Chapelain, tranche. On y fait l'éloge de Corneille en atténuant certaines des critiques portées à l'encontre de sa pièce, mais on donne raison à son ennemi sur la question des règles. L'Académie regrette que Corneille n'ait pas respecté les règles d'unité de lieu et d'action en représentant plusieurs lieux dans une même scène et en introduisant une action parallèle à l'action principale avec le rôle de l'infante. Elle remet en cause le sujet même de la pièce (« encore que le sujet du *Cid* ne soit pas bon… ») et condamne le personnage de Chimène : « Nous la blâmons de ce que son amour l'emporte sur son devoir. »

Profondément blessé par ce verdict, Corneille se montre surtout atteint par les accusations concernant son mépris des règles. Dans une lettre qu'il adresse à Guez de Balzac le 15 janvier 1639, Chapelain écrit : « Il [Corneille] ne parle plus que de règles et que des choses qu'il eût pu répondre aux académiciens. » Par la suite, Corneille corrigera certains détails du texte, tenant compte ainsi des remarques de Scudéry. Mais dans l'« Avertissement » qu'il ajoutera dans l'édition de 1648 du *Cid* comme dans l'« Examen » de l'édition de 1660, il justifiera ses orientations, sans jamais démentir ses choix (voir page 175 et suivantes).

Toutefois, pour signer la paix avec ses contradicteurs, il produira *Horace*, une tragédie remarquablement classique, qu'il dédiera au cardinal de Richelieu.

Quant au *Cid*, la pièce continuera sa carrière prestigieuse : traduite dans tous les pays d'Europe, elle fera, en France, l'objet de multiples imitations et suites (Chillac : *L'Ombre du Cid*, Chevreau : *Suite et mariage du Cid*, Desfontaines : *La Vraie Suite du « Cid »*).

La querelle du *Cid* est un événement majeur de l'histoire littéraire. Elle traduit, outre un conflit de personnes, une transition dans l'histoire du théâtre, une tension entre deux tendances, celle du théâtre baroque et celle du théâtre classique. Cette dernière l'emportera : c'est en effet à partir de cet événement que vont se fixer les règles du théâtre classique auxquelles se conformeront non seulement Corneille, mais aussi Molière et Racine. Il faudra attendre le drame romantique au XIXe siècle pour que le théâtre retrouve sa liberté perdue.

Le Cid aujourd'hui

Au cours des siècles, le succès du *Cid* ne s'est pas démenti. Jouée 1 612 fois à la Comédie-Française (chiffre arrêté au 31 janvier 1997), la pièce, depuis longtemps, est au programme des collèges comme un classique incontournable. Pourquoi ?

Parce qu'elle n'a pas vieilli. Le public reste sensible aux valeurs éternelles que représente le couple Rodrigue-Chimène : jeunesse, amour, honneur. Sur le plan littéraire, il continue d'apprécier le ton glorieux de Corneille dans lequel se reconnaît l'âme française, héritière d'une tradition chevaleresque qui a profondément marqué sa culture.

Gravure illustrant El Cantar de mio Cid, *chanson de geste anonyme écrite vers 1140 qui raconte l'épopée du Cid Campeador.*

Portrait de Pierre Corneille. Musée national du château de Versailles. Peintre anonyme du XVIIᵉ siècle.

Le Cid

CORNEILLE

tragi-comédie

Représentée pour la première fois
le 7 janvier 1637,
au théâtre du Marais

Personnages

DON FERNAND	*Premier roi de Castille.*
DOÑA URRAQUE	*Infante de Castille.*
DON DIÈGUE	*père de don Rodrigue.*
DON GOMÈS	*comte de Gormas, père de Chimène.*
DON RODRIGUE	*amant de Chimène.*
DON SANCHE	*amoureux de Chimène.*
DON ARIAS DON ALONSE }	*gentilshommes castillans.*
CHIMÈNE	*fille de don Gomès.*
LÉONOR	*gouvernante de l'Infante.*
ELVIRE	*gouvernante de Chimène.*
Un page de l'Infante.	

La scène est à Séville.

ACTE PREMIER

SCÈNE PREMIÈRE. CHIMÈNE, ELVIRE.

Chez Chimène.

CHIMÈNE
Elvire, m'as-tu fait un rapport bien sincère ?
Ne déguises-tu rien de ce qu'a dit mon père ?

ELVIRE
Tous mes sens à moi-même[1] en sont encor charmés :
Il estime Rodrigue autant que vous l'aimez,
5 Et si je ne m'abuse à lire[2] dans son âme,
Il vous commandera de répondre à sa flamme.

CHIMÈNE
Dis-moi donc, je te prie, une seconde fois
Ce qui te fait juger qu'il approuve mon choix :
Apprends-moi de nouveau quel espoir j'en[3] dois prendre ;
10 Un si charmant discours ne se peut trop entendre ;
Tu ne peux trop promettre aux feux de notre amour
La douce liberté de se montrer au jour.
Que t'a-t-il répondu sur la secrète brigue[4]
Que font auprès de toi don Sanche et don Rodrigue ?
15 N'as-tu point trop fait voir quelle inégalité
Entre ces deux amants me penche[5] d'un côté ?

---

1. **À moi-même :** en moi-même.
2. **À lire :** en lisant.
3. **En :** de ce qu'il t'a dit.
4. **Brigue :** intrigue amoureuse.
5. **Me penche :** me fait préférer.

ELVIRE

Non ; j'ai peint votre cœur dans une indifférence
Qui n'enfle d'aucun d'eux ni détruit[1] l'espérance,
Et sans les voir d'un œil trop sévère ou trop doux,
20 Attend l'ordre d'un père à choisir[2] un époux.
Ce respect l'a ravi, sa bouche et son visage
M'en ont donné sur l'heure un digne témoignage,
Et puisqu'il nous en faut encor faire un récit,
Voici d'eux et de vous ce qu'en hâte il m'a dit :
25 « Elle est dans le devoir, tous deux sont dignes d'elle,
Tous deux formés d'un sang noble, vaillant, fidèle,
Jeunes, mais qui font lire aisément dans leurs yeux
L'éclatante vertu de leurs braves aïeux.
Don Rodrigue surtout n'a trait[3] en son visage
30 Qui d'un homme de cœur ne soit la haute image,
Et sort d'une maison[4] si féconde en guerriers,
Qu'ils y prennent naissance au milieu des lauriers.
La valeur de son père, en son temps sans pareille,
Tant qu'a duré sa force, a passé pour merveille ;
35 Ses rides sur son front ont gravé ses exploits,
Et nous disent encor ce qu'il fut autrefois.
Je me promets du fils ce que j'ai vu du père ;
Et ma fille, en un mot, peut l'aimer et me plaire. »
Il allait au conseil, dont l'heure qui pressait
40 A tranché ce discours qu'à peine il commençait ;
Mais à ce peu de mots je crois que sa pensée
Entre vos deux amants n'est pas fort balancée[5].
Le roi doit à son fils élire[6] un gouverneur,
Et c'est lui que regarde un tel degré d'honneur :

---

1. **Ni détruit... :** ni ne détruit...
2. **À choisir :** pour choisir.
3. **N'a trait :** n'a pas un seul trait.
4. **Maison :** famille.
5. **Balancée :** hésitante.
6. **Élire :** choisir.

45 Ce choix n'est pas douteux, et sa rare[1] vaillance
Ne peut souffrir qu'on craigne aucune concurrence.
Comme ses hauts exploits le rendent sans égal,
Dans un espoir si juste il sera sans rival ;
Et puisque don Rodrigue a résolu[2] son père
50 Au sortir du conseil à proposer l'affaire,
Je vous laisse à juger s'il prendra bien son temps,
Et si tous vos désirs seront bientôt contents.[3]

CHIMÈNE
Il semble toutefois que mon âme troublée
Refuse cette joie et s'en trouve accablée :
55 Un moment donne au sort des visages[4] divers,
Et dans ce grand bonheur je crains un grand revers.

ELVIRE
Vous verrez cette crainte heureusement déçue.[5]

CHIMÈNE
Allons, quoi qu'il en soit, en[6] attendre l'issue.

---

1. **Rare** : exceptionnelle.
2. **A résolu** : a décidé.
3. **Contents** : satisfaits.
4. **Visages** : apparences.
5. **Déçue** : détrompée.
6. **En** : du conseil.

Repères

• Qui sont les personnages en scène (identité, relations) ?

Observation

• Quel sentiment traduisent les deux interrogations des vers 1 et 2 ?
Relevez deux mots clés qui explicitent ce sentiment.
Liez ces interrogations et les termes « troublée » (v. 53) et « crains »
(v. 56) : quel caractère se dessine ?
• Qui désigne le pronom « il » tout au long de la scène ? Que
montre la reprise de ce pronom ?
• Relevez les noms propres : quel nom domine ? Que signale cette
insistance ?
• Par quels termes appréciatifs le père de Chimène souligne-t-il les
qualités des deux prétendants de Chimène ?
• « Tous deux » (v. 25-26) et « surtout » : qui Don Gomès préfère-t-il ?
• Relevez les termes insistant sur l'âge de don Diègue (v. 17-52).
• Qui est désigné par le pronom « lui » (v. 44) ? À qui devrait reve-
nir le poste de « gouverneur » du prince de Castille ?
• V. 45-52 : que traduisent les mots « aucune » (v. 46), « sans »
(v. 47, 48) ? Sur quoi insiste Elvire ? dans quelle intention ?

Interprétations

• Qu'apprend le spectateur sur les différents personnages mis en
scène ou évoqués (caractère, situation) ?
• Expliquez la technique adoptée par Corneille pour éveiller l'intérêt du lecteur. Quels événements majeurs met-il en attente ?

SCÈNE 2. L'INFANTE, LÉONOR, LE PAGE.

Chez l'Infante.

L'INFANTE

Page, allez avertir Chimène de ma part
60 Qu'aujourd'hui pour me voir elle attend un peu tard,
Et que mon amitié se plaint de sa paresse.

(Le page rentre.)

LÉONOR

Madame, chaque jour même désir vous presse ;
Et dans son entretien[1] je vous vois chaque jour
Demander en quel point se trouve son amour.

L'INFANTE

65 Ce n'est pas sans sujet : je l'ai presque forcée
À recevoir les traits dont son âme est blessée[2].
Elle aime don Rodrigue, et le tient de ma main,
Et par moi don Rodrigue a vaincu son dédain :
Ainsi de ces amants ayant formé les chaînes,
70 Je dois prendre intérêt à voir finir leurs peines.

LÉONOR

Madame, toutefois parmi leurs bons succès[3]
Vous montrez un chagrin qui va jusqu'à l'excès.
Cet amour, qui tous deux les comble d'allégresse,
Fait-il de ce grand cœur la profonde tristesse ?
75 Et ce grand intérêt que vous prenez pour eux
Vous rend-il malheureuse alors qu'ils sont heureux ?
Mais je vais trop avant et deviens indiscrète.

---

1. **Son entretien :** l'entretien que vous avez avec elle.
2. **À recevoir les traits dont son âme est blessée :** Cupidon, le dieu de l'Amour, frappe ses victimes de ses flèches.
3. **Bons succès :** tout semble aller au mieux pour Rodrigue et Chimène.

L'INFANTE

Ma tristesse redouble à la tenir[1] secrète.
Écoute, écoute enfin comme j'ai combattu,
80 Écoute quels assauts brave encore ma vertu.
L'amour est un tyran qui n'épargne personne :
Ce jeune cavalier, cet amant que je donne,
Je l'aime.

LÉONOR

    Vous l'aimez !

L'INFANTE

        Mets la main sur mon cœur,
Et vois comme[2] il se trouble au nom de son vainqueur,
85 Comme il le reconnaît.

LÉONOR

       Pardonnez-moi, Madame,
Si je sors du respect pour blâmer cette flamme.
Une grande princesse à ce point s'oublier
Que[3] d'admettre en son cœur un simple cavalier !
Et que dirait le Roi ? que dirait la Castille ?
90 Vous souvient-il encor de qui vous êtes fille ?

L'INFANTE

Il m'en souvient si bien que j'épandrai mon sang
Avant que je m'abaisse à démentir[4] mon rang.
Je te répondrais bien que dans les belles âmes
Le seul mérite a droit de produire des flammes ;
95 Et si ma passion cherchait à s'excuser,
Mille exemples fameux pourraient l'autoriser ;
Mais je n'en veux point suivre où ma gloire s'engage[5] ;

---

1. **À la tenir :** quand je la tiens.
2. **Comme :** combien, à quel point.
3. **S'oublier que :** s'oublier au point de.
4. **Démentir :** renier.
5. **Mais [...] s'engage :** je ne veux pas suivre une voie qui compromette ma gloire.

La surprise des sens[1] n'abat point mon courage ;
Et je me dis toujours qu'étant fille de roi,
100 Tout autre qu'un monarque est indigne de moi.
Quand je vis que mon cœur ne se pouvait défendre,
Moi-même je donnai ce que je n'osais prendre.
Je mis, au lieu de moi, Chimène en ses liens,
Et j'allumai leurs feux pour éteindre les miens
105 Ne t'étonne donc plus si mon âme gênée[2]
Avec impatience attend leur hyménée :
Tu vois que mon repos en dépend aujourd'hui.
Si l'amour vit d'espoir, il périt avec lui :
C'est un feu qui s'éteint, faute de nourriture ;
110 Et malgré la rigueur de ma triste aventure,
Si Chimène a jamais Rodrigue pour mari,
Mon espérance est morte, et mon esprit guéri.
Je souffre cependant un tourment incroyable :
Jusques à cet hymen Rodrigue m'est aimable[3] ;
115 Je travaille à le perdre, et le perds à regret ;
Et de là prend son cours mon déplaisir secret.
Je vois avec chagrin que l'amour me contraigne[4]
À pousser des soupirs pour ce que je dédaigne ;
Je sens en deux partis mon esprit divisé :
120 Si mon courage est haut, mon cœur est embrasé[5] ;
Cet hymen m'est fatal, je le crains et souhaite[6] :
Je n'ose en espérer qu'une joie imparfaite.
Ma gloire et mon amour ont pour moi tant d'appas,
Que je meurs s'il s'achève ou ne s'achève pas.

LÉONOR
125 Madame, après cela je n'ai rien à vous dire,
Sinon que de vos maux avec vous je soupire :

---

1. **La surprise des sens** : l'amour.
2. **Gênée** : torturée.
3. **Aimable** : digne d'être aimé.
4. **Me contraigne** : puisse me contraindre.
5. **Embrasé** : en proie à la passion.
6. **Et souhaite** : et le souhaite.

Je vous blâmais tantôt, je vous plains à présent ;
Mais puisque dans un mal si doux et si cuisant
Votre vertu combat et son charme et sa force,
130 En repousse l'assaut, en rejette l'amorce,
Elle rendra le calme à vos esprits flottants[1].
Espérez donc tout d'elle, et du secours du temps ;
Espérez tout du ciel : il a trop de justice
Pour laisser la vertu dans un si long supplice.

L'INFANTE

135 Ma plus douce espérance est de perdre l'espoir.

LE PAGE

Par vos commandements Chimène vous vient voir.

L'INFANTE, *à Léonor.*

Allez l'entretenir en cette galerie.

LÉONOR

Voulez-vous demeurer dedans[2] la rêverie ?

L'INFANTE

Non, je veux seulement, malgré mon déplaisir,
140 Remettre[3] mon visage un peu plus à loisir.
Je vous suis. Juste ciel, d'où j'attends mon remède,
Mets enfin quelque borne au mal qui me possède :
Assure mon repos, assure mon honneur.
Dans le bonheur d'autrui je cherche mon bonheur :
145 Cet hyménée à trois également importe[4] ;
Rends son effet[5] plus prompt, ou mon âme plus forte.
D'un lien conjugal joindre ces deux amants,
C'est briser tous mes fers[6] et finir mes tourments.
Mais je tarde un peu trop : allons trouver Chimène,
150 Et par son entretien[7] soulager notre peine.

---

1. **Vos esprits flottants** : vos idées en désordre.
2. **Dedans** : dans.
3. **Remettre** : rendre l'apparence du calme à.
4. **Cet hyménée [...] importe** : ce mariage est important pour trois personnes.
5. **Effet** : accomplissement.
6. **Mes fers** : les liens de l'amour.
7. **Son entretien** : une conversation avec elle.

REPÈRES

• Nommez les deux femmes en scène. Quel parallélisme observez-vous avec la scène précédente ?

OBSERVATION

• Que signale Léonor en répétant « chaque jour » (v. 62-63) ?
• V. 65-70 : relevez les termes expliquant les amours de Chimène et de Rodrigue. En quoi cette situation est-elle extraordinaire ?
• Repérez une antithèse dans le vers 76 : que révèle-t-elle ?
• V. 78-83 : quel mot annonce l'aveu ?
Isolez cet aveu : par quels procédés est-il mis en valeur ?
• À quelle expression s'oppose l'expression « une grande princesse » (v. 87) ? Expliquez le sentiment de Léonor.
Citez les vers par lesquels l'infante réaffirme son rang de princesse.
• Relevez dans les vers 119-124 une série d'oppositions qui expliquent le déchirement de l'infante. En quoi sa situation est-elle tragique ?
• Selon Léonor (v. 125-134), par quel moyen l'infante arrivera-t-elle à vaincre son amour ? Relevez un terme répété deux fois et précisez son sens.
• Commentez le vers 135 : de quelle figure de style tient-il sa force expressive ? Quelle image renvoie-t-il de l'infante ?

INTERPRÉTATIONS

• Montrez que cette scène complète l'exposition.
• Quel nouveau thème est introduit avec le personnage de l'infante ? Quels sont les traits dominants de ce personnage ?

Scène 3. Le Comte, Don Diègue.

Une place publique devant le palais royal.

LE COMTE

Enfin vous l'emportez, et la faveur du Roi
Vous élève en un rang[1] qui n'était dû qu'à moi :
Il vous fait gouverneur[2] du prince de Castille[3].

DON DIÈGUE

Cette marque d'honneur qu'il met dans ma famille
155 Montre à tous qu'il est juste, et fait connaître assez
Qu'il sait récompenser les services passés.

LE COMTE

Pour grands que soient les rois, ils sont ce que nous
[sommes :
Ils peuvent se tromper comme les autres hommes ;
Et ce choix sert de preuve à tous les courtisans
160 Qu'ils savent mal payer les services présents.

DON DIÈGUE

Ne parlons plus d'un choix dont votre esprit s'irrite :
La faveur l'a pu faire autant que le mérite ;
Mais on doit ce respect au pouvoir absolu[4],
De n'examiner rien quand un roi l'a voulu.
165 À l'honneur qu'il m'a fait ajoutez-en un autre ;
Joignons d'un sacré nœud[5] ma maison et la vôtre :
Vous n'avez qu'une fille, et moi je n'ai qu'un fils ;
Leur hymen nous peut rendre à jamais plus qu'amis :
Faites-nous cette grâce, et l'acceptez pour gendre.

---

1. **En un rang :** à un rang.
2. **Gouverneur :** précepteur.
3. **Prince de Castille :** fils aîné du roi don Fernand.
4. **Pouvoir absolu :** pouvoir illimité comme celui du roi de France qui tient son pouvoir de Dieu.
5. **Sacré nœud :** lien sacré.

LE COMTE

170 À des partis plus hauts ce beau fils[1] doit prétendre ;
Et le nouvel éclat de votre dignité
Lui doit enfler le cœur d'une autre vanité.
Exercez-la[2], Monsieur, et gouvernez le Prince :
Montrez-lui comme[3] il faut régir une province,
175 Faire trembler partout les peuples sous sa loi,
Remplir les bons d'amour, et les méchants d'effroi.
Joignez à ces vertus[4] celles d'un capitaine[5] :
Montrez-lui comme il faut s'endurcir à la peine,
Dans le métier de Mars[6] se rendre sans égal,
180 Passer les jours entiers et les nuits à cheval,
Reposer tout armé, forcer une muraille,
Et ne devoir qu'à soi le gain d'une bataille.
Instruisez-le d'exemple[7], et rendez-le parfait,
Expliquant à ses yeux vos leçons par l'effet[8].

DON DIÈGUE

185 Pour s'instruire d'exemple, en dépit de l'envie[9],
Il lira seulement l'histoire de ma vie.
Là, dans un long tissu[10] de belles actions,
Il verra comme il faut dompter des nations,
Attaquer une place, ordonner[11] une armée,
190 Et sur de grands exploits bâtir sa renommée.

---

1. **Ce beau fils** : expression ironique du comte, jugée familière à l'époque.
2. **Exercez-la** : exercez votre dignité, c'est-à-dire votre nouvelle charge de précepteur.
3. **Comme** : comment.
4. **Vertus** : qualités.
5. **Capitaine** : chef de guerre.
6. **Le métier de Mars** : le métier des armes. Mars, chez les Romains, était le dieu de la Guerre.
7. **Instruisez-le d'exemple** : montrez-lui l'exemple.
8. **L'effet** : l'exemple. Une leçon ne doit pas présenter seulement la théorie, elle doit aussi comporter des expériences.
9. **En dépit de l'envie** : malgré les envieux.
10. **Tissu** : suite.
11. **Ordonner** : disposer en ordre de bataille.

LE COMTE

Les exemples vivants sont d'un autre pouvoir[1],
Un prince dans un livre apprend mal son devoir.
Et qu'a fait après tout ce grand nombre d'années,
Que ne puisse égaler une de mes journées[2] ?
195 Si vous fûtes vaillant, je le suis aujourd'hui,
Et ce bras du royaume est le plus ferme appui[3].
Grenade et l'Aragon[4] tremblent quand ce fer brille ;
Mon nom sert de rempart à toute la Castille :
Sans moi, vous passeriez bientôt sous d'autres lois,
200 Et vous auriez bientôt vos ennemis pour rois.
Chaque jour, chaque instant, pour rehausser ma gloire,
Met lauriers sur lauriers, victoire sur victoire :
Le Prince à mes côtés ferait dans les combats
L'essai de son courage à l'ombre de[5] son bras ;
205 Il apprendrait à vaincre en me regardant faire
Et pour répondre en hâte à son grand caractère[6],
Il verrait...

DON DIÈGUE

Je le sais, vous servez bien le Roi :
Je vous ai vu combattre et commander sous moi[7].
Quand l'âge dans mes nerfs[8] a fait couler sa glace,
210 Votre rare valeur a bien rempli ma place ;
Enfin, pour épargner les discours superflus,
Vous êtes aujourd'hui ce qu'autrefois je fus.
Vous voyez toutefois qu'en cette concurrence[9]

_____

1. **D'un autre pouvoir** : ont bien plus de pouvoir.
2. **Journées** : jours de bataille.
3. **Et ce bras [...] appui** : et ce bras est le plus ferme appui du royaume.
4. **Grenade et l'Aragon** : royaumes indépendants au XIᵉ siècle et ennemis de la Castille. Grenade était musulmane et l'Aragon catholique.
5. **À l'ombre de** : à l'abri de.
6. **Et pour répondre [...] caractère** : pour se montrer à la mesure de son rôle de futur roi.
7. **Sous moi** : sous mes ordres.
8. **Nerfs** : muscles.
9. **Concurrence** : compétition.

Un monarque entre nous met quelque différence.

LE COMTE

215 Ce que je méritais, vous l'avez emporté.

DON DIÈGUE

Qui l'a gagné sur vous l'avait mieux mérité.

LE COMTE

Qui peut mieux l'exercer en est bien le plus digne.

DON DIÈGUE

En être refusé[1] n'en est pas un bon signe.

LE COMTE

Vous l'avez eu par brigue, étant vieux courtisan[2].

DON DIÈGUE

220 L'éclat de mes hauts faits fut mon seul partisan[3].

LE COMTE

Parlons-en mieux, le Roi fait honneur à votre âge.

DON DIÈGUE

Le Roi, quand il en fait, le[4] mesure au courage.

LE COMTE

Et par là cet honneur n'était dû qu'à mon bras.

DON DIÈGUE

Qui n'a pu l'obtenir ne le méritait pas.

LE COMTE

225 Ne le méritait pas ! moi ?

DON DIÈGUE

Vous.

LE COMTE

Ton impudence,

Téméraire vieillard, aura sa récompense.

(Il lui donne un soufflet[5].)

---

1. **En être refusé :** se le voir refusé.
2. **Courtisan :** homme de cour.
3. **Partisan :** atout.
4. **En, le :** renvoient à « honneur ».
5. **Soufflet :** gifle.

DON DIÈGUE, *mettant l'épée à la main.*
Achève, et prends ma vie, après un tel affront,
Le premier dont ma race ait vu rougir son front.

LE COMTE
Et que penses-tu faire avec tant de faiblesse ?

DON DIÈGUE
230 Ô Dieu ! ma force usée en ce besoin[1] me laisse !

LE COMTE
Ton épée est à moi[2] ; mais tu serais trop vain[3],
Si ce honteux trophée avait chargé ma main.
Adieu : fais lire au Prince, en dépit de l'envie,
Pour son instruction, l'histoire de ta vie :
235 D'un insolent discours ce juste châtiment
Ne lui servira pas d'un[4] petit ornement.

---

1. **En ce besoin :** en cette situation critique.
2. **Ton épée est à moi :** le comte a fait tomber l'épée de don Diègue d'un revers de main.
3. **Tu serais trop vain :** tu serais trop fier.
4. **D'un :** de.

REPÈRES

• Que savez-vous du poste de gouverneur évoqué ici ?

OBSERVATION

• À quel « rang » est promu don Diègue (v. 152) ? Relevez le vocabulaire montrant que ce rang est envié et enviable.
• Relevez dans les vers 151 à 160 les termes par lesquels chaque personnage explique le choix du roi.
Quel sentiment domine chez don Gomès ?
• V. 157 : commentez la longueur des mots et leur effet sur le sens de la phrase. Quelle idée exprime don Gomès ? Quel trait de caractère apparaît ?
• V. 161-169 : quels arguments don Diègue avance-t-il ? Relevez les termes et les formules d'apaisement.
• Relevez une série d'infinitifs : que révèlent-ils du métier de roi auquel doit se préparer le jeune prince ?
• Relevez le vocabulaire appréciatif dans les v. 191-207 : à qui s'applique-t-il ? Quel trait de caractère souligne-t-il ?
• Que met en évidence le vers 195 ? Trouvez dans la réplique suivante un vers lui faisant écho.
• V. 215-226 : que traduit la brièveté des répliques ?
• Relevez à partir du vers 227 les termes dépréciatifs. Par quel geste le comte accompagne-t-il ces mots ?
En quoi consiste l'« affront » (v. 229) ?
• Que constate don Diègue dans le vers 230 ? Quel sentiment traduit la forme exclamative ?

INTERPRÉTATIONS

• Caractérisez la personnalité et la situation des deux hommes dans cette scène. Sur quoi s'opposent-ils ?
• Évaluez l'importance dramatique du soufflet : quelles seront les conséquences de ce geste pour don Diègue ? pour Rodrigue et Chimène ? pour l'infante ?

SCÈNE 4. DON DIÈGUE.

Ô rage ! ô désespoir ! ô vieillesse ennemie !
N'ai-je donc tant vécu que pour cette infamie ?
Et ne suis-je blanchi[1] dans les travaux guerriers[2]
240 Que pour voir en un jour flétrir tant de lauriers ?
Mon bras, qu'avec respect toute l'Espagne admire,
Mon bras, qui tant de fois a sauvé cet empire[3],
Tant de fois affermi le trône de son roi,
Trahit donc ma querelle[4], et ne fait rien pour moi ?
245 Ô cruel souvenir de ma gloire passée !
Œuvre de tant de jours en un jour effacée !
Nouvelle dignité, fatale à mon bonheur !
Précipice[5] élevé d'où tombe mon honneur !
Faut-il de votre éclat voir triompher le Comte,
250 Et mourir sans vengeance, ou vivre dans la honte ?
Comte, sois de mon prince à présent gouverneur :
Ce haut rang n'admet point un homme sans honneur ;
Et ton jaloux orgueil, par cet affront insigne,
Malgré le choix du Roi, m'en a su rendre indigne.
255 Et toi, de mes exploits glorieux instrument,
Mais d'un corps tout de glace[6] inutile ornement,
Fer[7], jadis tant à craindre et qui, dans cette offense,
M'a servi de parade[8], et non pas de défense[9],
Va, quitte désormais le dernier des humains,
260 Passe, pour me venger, en de meilleures mains.

---

1. **Ne suis-je blanchi** : n'ai-je vieilli.
2. **Travaux guerriers** : batailles.
3. **Cet empire** : ce royaume.
4. **Trahit donc ma querelle** : ne soutient donc pas ma cause.
5. **Précipice** : hauteur, lieu élevé d'où l'on tombe.
6. **Tout de glace** : glacé par les ans (voir v. 209).
7. **Fer** : épée.
8. **Parade** : parure inutile.
9. **De défense** : d'arme pour me défendre.

REPÈRES

- Dans quelle situation se trouve don Diègue ?
- Quel terme désigne le discours d'un personnage seul sur la scène ? Quel effet produit cette technique ?

OBSERVATION

- Analysez le rythme du vers 237 : par quel procédé l'auteur amplifie-t-il son mouvement ? Quel est l'effet produit ?
- Relevez les phrases interrogatives et exclamatives : quelles émotions traduisent-elles ?
- Relevez les allusions à la gloire passée de don Diègue : qu'a-t-il accompli ? Pourquoi rappelle-t-il ici ses exploits ?
Retrouvez dans les derniers vers un adverbe de temps faisant écho au participe « passée » (v. 245) : que constate don Diègue ? À qui donne-t-il indirectement raison ?
- V. 241-244 : relevez les répétitions. Quelle idée mettent-elles en valeur ?
- À quels termes s'oppose le mot « honneur » (v. 248-252) ? Par quels aspects la situation du comte est-elle insupportable pour un homme d'honneur ?
- Quel dilemme le vers 250 exprime-t-il ? Relevez un terme grammatical clé.
- Que signale l'impératif « sois » (v. 251) dans la structure de la tirade ? Relevez les autres marques de la deuxième personne. À qui s'adresse successivement don Diègue ? Quelle décision prend-il ?
- « Meilleures mains » (v. 260) : qui est désigné ?

INTERPRÉTATIONS

- Quels sentiments dominent dans cette scène ?
- Cette scène a-t-elle valeur d'exposition ou engage-t-elle véritablement l'action ? Justifiez votre opinion.

*Jean Davy (don Diègue) dans la mise en scène
de Marcelle Tassencourt.
Festival de Versailles, Grand Trianon, juin 1984.*

SCÈNE 5. DON DIÈGUE, DON RODRIGUE.

DON DIÈGUE

Rodrigue, as-tu du cœur ?

DON RODRIGUE

Tout autre que mon père

L'éprouverait sur l'heure.

DON DIÈGUE

Agréable colère !

Digne ressentiment[1] à ma douleur bien doux !

Je reconnais mon sang à ce noble courroux[2] ;

265 Ma jeunesse revit en cette ardeur si prompte

Viens, mon fils, viens, mon sang, viens réparer[3]

[ma honte ;

Viens me venger.

DON RODRIGUE

De quoi ?

DON DIÈGUE

D'un affront si cruel,

Qu'à l'honneur de tous deux il porte un coup mortel :

D'un soufflet. L'insolent en eût perdu la vie ;

270 Mais mon âge a trompé ma généreuse envie :

Et ce fer que mon bras ne peut plus soutenir[4],

Je le remets au tien pour venger et punir.

Va contre un arrogant éprouver ton courage :

Ce n'est que dans le sang qu'on lave un tel outrage ;

275 Meurs ou tue. Au surplus, pour ne te point flatter[5],

Je te donne à combattre un homme à redouter :

Je l'ai vu, tout couvert de sang et de poussière,

Porter partout l'effroi dans une armée entière.

---

1. **Digne ressentiment** : noble réaction.
2. **Courroux** : colère.
3. **Réparer** : effacer.
4. **Et ce fer [...] soutenir** : cette épée que mon bras ne peut plus lever.
5. **Flatter** : induire en erreur.

J'ai vu par sa valeur cent escadrons rompus[1] ;
280 Et pour t'en dire encor quelque chose de plus,
Plus que brave soldat, plus que grand capitaine,
C'est...

DON RODRIGUE

De grâce, achevez.

DON DIÈGUE

Le père de Chimène.

DON RODRIGUE

Le...

DON DIÈGUE

Ne réplique point, je connais ton amour ;
Mais qui peut vivre infâme est indigne du jour.
285 Plus l'offenseur est cher, et plus grande est l'offense.
Enfin tu sais l'affront, et tu tiens la vengeance[2].
Je ne te dis plus rien. Venge-moi, venge-toi ;
Montre-toi digne fils d'un père tel que moi.
Accablé des malheurs où le destin me range[3],
290 Je vais les déplorer[4] : va, cours, vole, et nous venge.

SCÈNE 6. DON RODRIGUE.

Percé jusques au fond du cœur
D'une atteinte imprévue aussi bien que mortelle,
Misérable[5], vengeur d'une juste querelle,
Et malheureux objet d'une injuste rigueur,
295 Je demeure immobile, et mon âme abattue
Cède au coup[6] qui me tue.

---

1. **Rompus :** mis en déroute.
2. **Tu tiens la vengeance :** tu as la possibilité de me venger.
3. **Où le destin me range :** auxquels le destin me réduit.
4. **Déplorer :** pleurer sur.
5. **Misérable :** digne de pitié.
6. **Cède au coup :** fléchit sous le coup.

REPÈRES

• Que savez-vous de don Diègue et de Rodrigue ?

OBSERVATION

• Sur quel mot porte la question de don Diègue dans le vers 261 ?
Précisez le sens de ce terme aujourd'hui.
Rodrigue a-t-il le choix de sa réponse ?
• « Viens » (v. 266-267) : analysez ce verbe (longueur, mode, place,
reprise). Quel sentiment traduit-il ?
• « D'un soufflet » (v. 269) : par quels procédés Corneille donne-
t-il une puissance particulière à cette phrase ?
Repérez dans cette réplique une autre phrase sensiblement construite
sur le même principe. Quel choix don Diègue laisse-t-il à Rodrigue ?
• Relevez le champ lexical de la vengeance : quelle place occupe-t-il
dans la scène ? Pourquoi ?
• Relevez dans le portrait de don Gomès par don Diègue les termes
soulignant les qualités du comte. Quel effet produit cette insistance
sur les mérites de l'adversaire ?
• Par quels termes don Diègue désigne-t-il l'offenseur à abattre dans
le vers 282 ? Que souligne-t-il indirectement ?
• Quels sentiments traduisent les points de suspension dans le
vers 282 ? Dans le vers 283 ?
• « Venge-moi, venge-toi » (v. 287) : analysez la construction et le
rythme de cette phrase. Quel effet produit-elle ?
• V. 290 : analysez l'effet de la gradation dans cette série d'impératifs. Comment renforce-t-elle le sens de la phrase ?

INTERPRÉTATIONS

• Peut-on parler dans cette scène d'un véritable dialogue entre le
père et le fils ?
• Récapitulez les arguments successifs de don Diègue pour décider
son fils à le venger.
• En quoi la situation de Rodrigue est-elle tragique ?

Si près de voir mon feu récompensé,
        Ô Dieu, l'étrange[1] peine !
    En cet affront mon père est l'offensé,
300   Et l'offenseur le père de Chimène !

        Que je sens de rudes combats !
    Contre mon propre honneur mon amour s'intéresse[2] :
    Il faut venger un père, et perdre une maîtresse :
    L'un m'anime le cœur[3], l'autre retient mon bras.
305 Réduit au triste choix ou de trahir ma flamme,
        Ou de vivre en infâme,
    Des deux côtés mon mal est infini.
        Ô Dieu, l'étrange peine !
    Faut-il laisser un affront impuni ?
310   Faut-il punir le père de Chimène ?

        Père, maîtresse, honneur, amour,
    Noble et dure contrainte, aimable tyrannie,
    Tous mes plaisirs sont morts, ou ma gloire ternie.
    L'un me rend malheureux, l'autre indigne du jour.
315 Cher et cruel espoir d'une âme généreuse[4],
        Mais ensemble[5] amoureuse,
    Digne ennemi de mon plus grand bonheur,
        Fer qui cause ma peine,
    M'es-tu donné pour venger mon honneur ?
320   M'es-tu donné pour perdre ma Chimène ?

        Il vaut mieux courir au trépas[6].
    Je dois[7] à ma maîtresse aussi bien qu'à mon père :
    J'attire en me vengeant sa haine et sa colère ;

---

1. **Étrange** : terrible.
2. **S'intéresse** : prend parti contre.
3. **M'anime le cœur** : me donne du courage.
4. **Cher [...] généreuse** : Rodrigue s'adresse à l'épée que lui a donnée son père (voir v. 260).
5. **Ensemble** : en même temps.
6. **Trépas** : mort.
7. **Je dois** : j'ai des obligations, des devoirs.

J'attire ses mépris en ne me vengeant pas.
325 À mon plus doux espoir l'un me rend infidèle,
　　　　Et l'autre indigne d'elle.
　　Mon mal augmente à le vouloir guérir[1] ;
　　　　Tout redouble ma peine.
　　Allons, mon âme ; et puisqu'il faut mourir,
330　　Mourons du moins sans offenser Chimène.

　　　Mourir sans tirer ma raison[2] !
　Rechercher un trépas si mortel à ma gloire !
　Endurer[3] que l'Espagne impute à ma mémoire[4]
　D'avoir mal soutenu l'honneur de ma maison !
335 Respecter un amour dont mon âme égarée
　　　　Voit la perte assurée !
　　N'écoutons plus ce penser suborneur[5],
　　　　Qui ne sert qu'à ma peine.
　　Allons, mon bras, sauvons du moins l'honneur,
340　　Puisqu'après tout il faut perdre Chimène.

　　　Oui, mon esprit s'était déçu[6].
　Je dois tout à mon père avant qu'à ma maîtresse :
　Que je meure au combat, ou meure de tristesse,
　Je rendrai mon sang pur comme je l'ai reçu.
345 Je m'accuse déjà de trop de négligence :
　　　　Courons à la vengeance ;
　　Et tout honteux d'avoir tant balancé,
　　　　Ne soyons plus en peine,
　　Puisqu'aujourd'hui mon père est l'offensé,
350　　Si l'offenseur est père de Chimène.

---

1. **À le vouloir guérir :** quand je cherche à le guérir.
2. **Tirer ma raison :** obtenir réparation de l'offense.
3. **Endurer :** supporter.
4. **Impute à ma mémoire :** m'accuse dans le souvenir qu'elle gardera.
5. **Ce penser suborneur :** cette pensée trompeuse, qui détourne du devoir.
6. **Déçu :** trompé.

Repères

• À quel monologue précédent ce monologue de Rodrigue fait-il écho ? Qu'ont-ils en commun ?
• De quelle mission don Diègue a-t-il chargé son fils ?

Observation

• Comptez les strophes. Comment sont-elles organisées (système des rimes et type de vers) ?
Quelle tonalité les stances donnent-elles à la scène ?
• V. 291-292 : repérez une métaphore. Que suggère-t-elle ?
Relevez dans la strophe 1 le champ lexical de la souffrance. Quel termes font référence à la mort ?
• Les vers 299-300 s'organisent selon une figure de style appelée chiasme : expliquez-en le mécanisme.
Que fait ressortir cette construction ?
• Relevez dans les strophes 2 et 3 le jeu des oppositions et des symétries : que traduisent-elles ?
• Relevez les interrogations dans les strophes 1 à 3 : que traduisent-elles chez le jeune héros ?
Que marque l'expression « Il vaut mieux » (v. 321) dans la structure générale du monologue ?
• Relevez les verbes à l'impératif : qui parle à qui ? Précisez la valeur de ces impératifs.
• Relevez un terme clé dans l'avant-dernière strophe : combien de fois apparaît-il ?
Quelle décision finit par l'emporter ?

Interprétations

• Quels sont les traits dominants de Rodrigue ?
• Par quels aspects ce texte appartient-il au genre délibératif ? au genre poétique ?
• Dans quelle direction cette scène oriente-t-elle l'action ? Évaluez son importance sur le plan dramatique.

Une exposition limitée à deux scènes

Contrairement à la technique dramatique du théâtre classique, l'exposition se limite ici aux scènes 1, 2, ce qui a pour effet de lancer très vite l'action.

Dans ces deux scènes parallèles, deux jeunes filles avouent à leurs gouvernantes respectives leur amour pour un même homme, Rodrigue, ce qui d'emblée montre l'amour sous un jour compliqué. Toutefois, l'acte entier joue son rôle d'information en introduisant les personnages principaux de la pièce au fil des scènes :

– les personnages féminins : Chimène (scène 1) et l'infante (scène 2), deux figures de femmes amoureuses ;

– les personnages masculins : don Gomès et don Diègue, deux figures de père qui sont aussi des figures politiques (scène 3) ; Rodrigue (scène 5) qui apparaît dans la double fonction d'homme amoureux et de fils respectueux.

Une action vite enclenchée

La scène 3 qui voit se développer la querelle entre don Gomès et don Diègue est une scène active. C'est elle qui lance l'action proprement dite avec le soufflet du comte à don Diègue, qui introduit le motif dramatique de la vengeance.

La variété des discours

L'acte I est marqué par la variété du discours qui crée une richesse particulière sur le plan littéraire.

• Le discours lyrique : les deux premières scènes comme les deux monologues de l'acte I (scène 4, scène 6) sont voués à l'expression du sentiment : l'expression de l'amour chez les personnages féminins et l'expression du désespoir chez don Diègue et Rodrigue ; ils confèrent à l'acte I une tonalité lyrique qui donne à la pièce une dimension poétique.

• Le discours argumentatif : dans la scène 4, don Diègue déploie toutes les subtilités de l'argumentation pour convaincre son fils de le venger.

• Le discours délibératif, variante du discours argumentatif : dans la scène 6, Rodrigue déchiré entre deux devoirs opposés – l'engagement amoureux et le respect filial – hésite sur la conduite à tenir avant de prendre la décision de venger son père.

Trois thèmes dominants : l'amour, la vengeance, l'honneur

Le thème de l'amour engagé dans les deux scènes d'exposition s'inscrit en toile de fond de la pièce. Amour inquiet chez Chimène qui est en situation d'attente, amour impossible chez l'infante qui ne peut se mésallier en épousant un homme au-dessous de sa condition, amour désespéré chez Rodrigue qui voit son bonheur menacé par la vengeance due à son père.

Par opposition, le thème de l'honneur est un thème dynamique : valeur spirituelle et sociale par laquelle les aristocrates se distinguent du commun des mortels, l'honneur est un principe supérieur et élitiste qui associe au respect de soi le respect des autres.

Activé par le motif de la vengeance, il acquiert dans l'acte I une puissance motrice : c'est le thème de l'honneur qui, à partir de la scène du soufflet, entraîne les développements de l'action.

ACTE II

SCÈNE PREMIÈRE. DON ARIAS, LE COMTE.

Une salle du palais.

LE COMTE

Je l'avoue entre nous, mon sang un peu trop chaud
S'est trop ému d'un mot et l'a porté trop haut[1] ;
Mais puisque c'en est fait, le coup est sans remède.

DON ARIAS

Qu'aux volontés du Roi ce grand courage cède :
355 Il y[2] prend grande part, et son cœur irrité
Agira contre vous de pleine autorité.
Aussi vous n'avez point de valable défense :
Le rang de l'offensé, la grandeur de l'offense,
Demandent des devoirs et des submissions[3]
360 Qui passent le commun des satisfactions[4].

LE COMTE

Le Roi peut à son gré disposer de ma vie.

DON ARIAS

De trop d'emportement votre faute est suivie.
Le Roi vous aime encore ; apaisez son courroux.
Il a dit : « Je le veux » ; désobéirez-vous ?

LE COMTE

365 Monsieur, pour conserver tout ce que j'ai d'estime[5],
Désobéir un peu n'est pas un si grand crime ;

---

1. **L'a porté trop haut** : a montré trop d'orgueil.
2. **Y** : à cette affaire.
3. **Submissions** : preuves de soumission.
4. **Qui passent [...] satisfactions** : qui dépassent les réparations normalement dues à une personne que l'on a offensée.
5. **Estime** : réputation.

Et quelque grand qu'il soit[1], mes services présents
Pour le faire abolir[2] sont plus que suffisants.

DON ARIAS

Quoi qu'on fasse d'illustre et de considérable[3],
370 Jamais à son sujet un roi n'est redevable.
Vous vous flattez beaucoup, et vous devez savoir
Que qui sert bien son roi ne fait que son devoir.
Vous vous perdrez, Monsieur, sur[4] cette confiance.

LE COMTE

Je ne vous en[5] croirai qu'après l'expérience.

DON ARIAS

375 Vous devez redouter la puissance d'un roi.

LE COMTE

Un jour seul ne perd pas un homme tel que moi.
Que toute sa grandeur[6] s'arme pour mon supplice,
Tout l'État périra, s'il faut que je périsse.

DON ARIAS

Quoi ! vous craignez si peu le pouvoir souverain...

LE COMTE

380 D'un sceptre[7] qui sans moi tomberait de sa main.
Il[8] a trop d'intérêt lui-même en ma personne,
Et ma tête en tombant ferait choir[9] sa couronne.

DON ARIAS

Souffrez que la raison remette vos esprits.
Prenez un bon conseil[10].

LE COMTE

              Le conseil en est pris.

---

1. **Et quelque grand qu'il soit** : quelque grand que soit ce crime.
2. **Abolir** : amnistier, pardonner officiellement.
3. **Considérable** : qui mérite la considération.
4. **Sur** : en vous reposant sur.
5. **En** : à ce sujet.
6. **Sa grandeur** : l'État.
7. **D'un sceptre** : ce vers continue le précédent.
8. **Il** : le roi.
9. **Choir** : tomber.
10. **Bon conseil** : sage décision.

DON ARIAS

385 Que lui dirai-je enfin ? je lui dois rendre conte[1].

LE COMTE

Que je ne puis du tout consentir à ma honte[2].

DON ARIAS

Mais songez que les rois veulent être absolus.

LE COMTE

Le sort en est jeté, Monsieur, n'en parlons plus.

DON ARIAS

Adieu donc, puisqu'en vain je tâche à vous résoudre[3]

390 Avec tous vos lauriers, craignez encor le foudre[4].

LE COMTE

Je l'attendrai sans peur.

DON ARIAS

Mais non pas sans effet[5].

LE COMTE

Nous verrons donc par là don Diègue satisfait.

(Il est seul.)

Qui ne craint point la mort ne craint point les menaces.

J'ai le cœur au-dessus des plus fières[6] disgrâces ;

395 Et l'on peut me réduire à vivre sans bonheur,

Mais non pas me résoudre à vivre sans honneur.

---

1. **Rendre conte :** rendre compte, faire un rapport.
2. **Consentir à ma honte :** accepter de me déshonorer en faisant mes excuses à don Diègue.
3. **Je tâche à vous résoudre :** je m'efforce de vous convaincre.
4. **Avec tous [...] le foudre :** selon une croyance antique, le laurier protégeait de la foudre. Ici, laurier = symbole de la victoire, foudre = colère du roi.
5. **Sans effet :** sans que le roi manifeste effectivement sa colère.
6. **Fières :** cruelles.

REPÈRES

• Qui est don Arias ?
• Où se passe cette scène ? Qui ce lieu ymbolise-t-il ?

OBSERVATION

• Combien de fois revient l'adverbe « trop » dans la première réplique du comte ? Que reconnaît ainsi le comte ?
• Combien de fois don Arias mentionne-t-il le roi ? Que pouvons-nous en déduire du rôle confié à ce gentilhomme dans cette scène ?
• « Il a dit : "Je le veux" » (v. 364) : explicitez le pronom personnel « le ». Quelle solution au conflit le roi propose-t-il ?
• Relevez les sentences dans le discours de don Arias. Quelles idées défend-il ?
Relevez dans les répliques du comte des vers qui répondent à ceux de don Arias. Quel trait de caractère se confirme ?
Sur quels idéaux les deux hommes s'opposent-ils ?
• Relevez les termes qui signalent la fin de l'entretien. La négociation a-t-elle réussi ?
• Sur quel mot se termine la scène ? Commentez la place de ce mot clé dans la scène.

INTERPRÉTATIONS

• Précisez la fonction de don Arias dans cette scène. Quels arguments utilise-t-il tour à tour pour convaincre le comte ?
• Complétez ici le portrait du comte : quels sont les grands traits de sa personnalité ? Quel trait de caractère se confirme ? Quels en seront les effets sur la suite de l'action ?
• Par quels aspects cette scène fait-elle écho aux problèmes contemporains du temps de Corneille ? Reportez-vous à l'Introduction p. 14.

SCÈNE 2. LE COMTE, DON RODRIGUE.

La place devant le palais royal.

DON RODRIGUE

À moi, Comte, deux mots.

LE COMTE
                    Parle.

DON RODRIGUE
                                        Ôte-moi d'un doute[1].

Connais-tu bien don Diègue ?

LE COMTE
                    Oui.

DON RODRIGUE
                                        Parlons bas[2] ;
                                                    [écoute.

Sais-tu que ce vieillard fut la même vertu[3],
400 La vaillance et l'honneur de son temps ? le sais-tu ?

LE COMTE

Peut-être.

DON RODRIGUE
              Cette ardeur[4] que dans les yeux je porte,
Sais-tu que c'est son sang ? le sais-tu ?

LE COMTE
                                        Que m'importe ?

DON RODRIGUE
À quatre pas d'ici je te le fais savoir.

LE COMTE

Jeune présomptueux !

---

1. **Ôte-moi d'un doute** : enlève-moi un doute.
2. **Parlons bas** : dans la pièce espagnole, Chimène assistait à la provocation,
c'est pourquoi Rodrigue baissait le ton.
3. **La même vertu** : le courage personnifié.
4. **Cette ardeur** : cette vivacité.

DON RODRIGUE
Parle sans t'émouvoir[1] .

405 Je suis jeune, il est vrai ; mais aux âmes bien nées[2]
La valeur n'attend point le nombre des années.

LE COMTE
Te mesurer à moi ! qui t'a rendu si vain[3],
Toi qu'on n'a jamais vu les armes à la main ?

DON RODRIGUE
Mes pareils à deux fois ne se font point connaître[4],
410 Et pour leurs coups d'essai veulent des coups de maître.

LE COMTE
Sais-tu bien qui je suis ?

DON RODRIGUE
Oui ; tout autre que moi
Au seul bruit de ton nom pourrait trembler d'effroi.
Les palmes[5] dont je vois ta tête si couverte
Semblent porter écrit le destin de ma perte.
415 J'attaque en téméraire un bras toujours vainqueur ;
Mais j'aurai trop de force, ayant assez de cœur.
À qui venge son père il n'est rien impossible.
Ton bras est invaincu, mais non pas invincible.

LE COMTE
Ce grand cœur qui paraît aux discours que tu tiens,
420 Par tes yeux, chaque jour, se découvrait aux miens[6] ;
Et croyant voir en toi l'honneur de la Castille,
Mon âme avec plaisir te destinait ma fille.
Je sais ta passion[7], et suis ravi de voir

---

1. **T'émouvoir** : te mettre en colère.
2. **Bien nées** : nobles.
3. **Vain** : orgueilleux.
4. **À deux fois ne se font point connaître** : n'ont pas besoin de deux occasions pour prouver leur valeur.
5. **Palmes** : lauriers d'un général vainqueur.
6. **Aux miens** : à mes yeux.
7. **Je sais ta passion** : je connais ton amour.

Que tous ses mouvements[1] cèdent à ton devoir ;
425 Qu'ils n'ont point affaibli cette ardeur magnanime[2] ;
Que ta haute vertu répond à mon estime ;
Et que, voulant pour gendre un cavalier parfait,
Je ne me trompais point au choix[3] que j'avais fait ;
Mais je sens que pour toi ma pitié s'intéresse[4] ;
430 J'admire ton courage, et je plains ta jeunesse.
Ne cherche point à faire un coup d'essai fatal ;
Dispense ma valeur d'un combat inégal ;
Trop peu d'honneur pour moi suivrait cette victoire.
À vaincre sans péril, on triomphe sans gloire.
435 On te croirait toujours abattu sans effort ;
Et j'aurais seulement le regret de ta mort.

DON RODRIGUE
D'une indigne pitié ton audace est suivie :
Qui m'ose ôter l'honneur craint de m'ôter la vie ?

LE COMTE
Retire-toi d'ici.

DON RODRIGUE
Marchons sans discourir[5].

LE COMTE
440 Es-tu si las de vivre ?

DON RODRIGUE
As-tu peur de mourir ?

LE COMTE
Viens, tu fais ton devoir, et le fils dégénère
Qui survit un moment à l'honneur de son père.

---

1. **Ses mouvements** : ses élans.
2. **Magnanime** : généreuse.
3. **Au choix** : dans le choix.
4. **Ma pitié s'intéresse** : j'éprouve de la pitié.
5. **Sans discourir** : sans bavarder plus longtemps.

Repères

• Qu'a décidé Rodrigue avant cette rencontre ?

Observation

• Analysez la valeur du tutoiement tout au long de la scène.
• Étudiez les répétitions, les symétries dans les vers 399-403 : quelle est la situation psychologique de Rodrigue ?
V. 397-404 : que suggère la brièveté des réponses du comte ?
• Relevez les expressions par lesquelles Rodrigue souligne la valeur guerrière du comte puis les expressions par lesquelles le comte souligne l'inexpérience du jeune homme. Quel effet produit cette opposition ?
• Isolez un passage dans lequel le comte tente une conciliation : par quel temps verbal évoque-t-il le passé ?
Quels arguments développe-t-il successivement ? En quoi se montre-t-il particulièrement habile ?
• Analysez le rythme des vers 439-441 : relevez les symétries dans les constructions et les rythmes. Que font apparaître ces constructions sur le plan dramatique ?
• Relevez les vers-sentences dans le dialogue : quelles idées développent-ils ? Quels traits de caractère révèlent-ils ?
Par quels procédés d'écriture (rythmes, figures de style) l'auteur leur donne-t-il une puissance argumentative ?

Interprétations

• Montrez que cette scène présente un duel verbal.
• Évaluez l'importance de cette scène sur le plan dramatique. Par quel procédé l'auteur accroît-il le suspense à la fin de la scène ?

Scène 3. L'Infante, Chimène, Léonor.

Chez l'Infante.

L'INFANTE

Apaise, ma Chimène, apaise ta douleur :
Fais agir ta constance en ce coup de malheur.
445 Tu reverras le calme après ce faible orage ;
Ton bonheur n'est couvert que d'un peu de nuage,
Et tu n'as rien perdu pour le voir différer.

CHIMÈNE

Mon cœur outré d'ennuis[1] n'ose rien espérer.
Un orage si prompt qui trouble une bonace[2]
450 D'un naufrage certain nous porte la menace :
Je n'en saurais douter, je péris dans le port[3].
J'aimais, j'étais aimée, et nos pères d'accord ;
Et je vous en contais la charmante nouvelle
Au malheureux moment que[4] naissait leur querelle,
455 Dont le récit fatal, sitôt qu'on vous l'a fait,
D'une si douce attente a ruiné l'effet[5].
Maudite ambition, détestable manie[6],
Dont les plus généreux souffrent[7] la tyrannie !
Honneur impitoyable[8] à mes plus chers désirs,
460 Que tu me vas coûter de pleurs et de soupirs !

L'INFANTE

Tu n'as dans leur querelle aucun sujet de craindre :
Un moment l'a fait naître, un moment va l'éteindre.
Elle a fait trop de bruit pour ne pas s'accorder[9],

---

1. **Outré d'ennuis** : accablé de douleurs.
2. **Bonace** : calme en mer.
3. **Dans le port** : au moment où je croyais avoir atteint le bonheur.
4. **Que** : où.
5. **Effet** : réalisation.
6. **Manie** : folie. Chimène parle de l'honneur.
7. **Souffrent** : subissent.
8. **Impitoyable à** : sans pitié pour.
9. **S'accorder** : se résoudre de manière pacifique.

Puisque déjà le Roi les veut accommoder[1] ;
465 Et tu sais que mon âme, à tes ennuis sensible,
Pour en tarir la source y[2] fera l'impossible.

CHIMÈNE

Les accommodements ne font rien en ce point :
De si mortels affronts[3] ne se réparent point.
En vain on fait agir la force ou la prudence[4] :
470 Si l'on guérit le mal, ce n'est qu'en apparence.
La haine que les cœurs conservent au-dedans
Nourrit des feux[5] cachés, mais d'autant plus ardents.

L'INFANTE

Le saint nœud[6] qui joindra don Rodrigue et Chimène
Des pères ennemis dissipera la haine ;
475 Et nous verrons bientôt votre amour le plus fort
Par un heureux hymen étouffer ce discord[7].

CHIMÈNE

Je le souhaite ainsi plus que je ne l'espère :
Don Diègue est trop altier[8], et je connais mon père.
Je sens couler des pleurs que je veux retenir ;
480 Le passé me tourmente, et je crains l'avenir.

L'INFANTE

Que crains-tu ? d'un vieillard l'impuissante faiblesse ?

CHIMÈNE

Rodrigue a du courage.

L'INFANTE

Il a trop de jeunesse.

CHIMÈNE

Les hommes valeureux le sont du premier coup.

---

1. **Accommoder** : mettre d'accord, réconcilier.
2. **Y** : en cette circonstance.
3. **Affronts** : insultes.
4. **Prudence** : sagesse.
5. **Feux** : ici, passion violente.
6. **Saint nœud** : lien du mariage.
7. **Discord** : discorde.
8. **Altier** : orgueilleux.

L'INFANTE

Tu ne dois pas pourtant le redouter beaucoup :
485 Il est trop amoureux pour te vouloir déplaire,
Et deux mots de ta bouche arrêtent sa colère.

CHIMÈNE

S'il ne m'obéit point, quel comble à mon ennui !
Et s'il peut m'obéir, que dira-t-on de lui ?
Étant né ce qu'il est, souffrir un tel outrage !
490 Soit qu'il cède ou résiste au feu qui me l'engage[1],
Mon esprit ne peut qu'être ou honteux ou confus[2],
De son trop de respect, ou d'un juste refus.

L'INFANTE

Chimène a l'âme haute, et quoique intéressée[3],
Elle ne peut souffrir une basse[4] pensée ;
495 Mais si jusques au jour de l'accommodement
Je fais mon prisonnier de ce parfait amant,
Et que j'empêche ainsi l'effet de son courage[5],
Ton esprit amoureux n'aura-t-il point d'ombrage ?

CHIMÈNE

Ah ! Madame, en ce cas je n'ai plus de souci.

---

1. **Me l'engage :** l'attache à moi.
2. **Confus :** bouleversé.
3. **Intéressée :** concernée.
4. **Basse :** lâche.
5. **Et que j'empêche [...] courage :** et que je l'empêche de se battre.

REPÈRES

• Dans quelle scène précédente la rencontre entre Chimène et l'infante est-elle annoncée ? Pourquoi l'infante souhaitait-elle voir Chimène ?
• Qu'ont en commun ces deux jeunes filles ?

OBSERVATION

• Relevez les métaphores dans les vers 445-447. Quelle tonalité confèrent-elles au début de la scène ? Quel aspect de la situation évoquent-elles ?
• Quels sentiments Chimène éprouve-t-elle successivement dans les vers 448-456 et 457-460 ? Par quels procédés d'écriture l'auteur les suggère-t-il (vocabulaire, ponctuation) ?
• V. 487-492 : relevez les termes soulignant l'alternative. Quel dilemme traduisent-ils ? Que mettent-ils en évidence ?
• Relevez une question-réponse à la fin de la scène. Quelle stratégie adoptent les deux jeunes filles pour empêcher l'irréparable ? En quoi cet échange de répliques est-il tragique ?

INTERPRÉTATIONS

• Situez cette scène dans la chronologie des événements. Quels faits Chimène connaît-elle déjà ? Que se passe-t-il pendant que les jeunes filles discutent ? Quel effet crée ce décalage ?
• Cette scène fait-elle progresser l'action ? Quel est son intérêt ?

Scène 4. L'Infante, Chimène, Léonor, Le Page.

L'Infante

500 Page, cherchez Rodrigue, et l'amenez ici.

Le Page

Le comte de Gormas et lui...

Chimène

Bon Dieu ! je tremble.

L'Infante

Parlez.

Le Page

De ce palais ils sont sortis ensemble.

Chimène

Seuls ?

Le Page

Seuls, et qui semblaient tout bas se quereller.

Chimène

Sans doute[1], ils sont aux mains, il n'en faut plus parler[2].

505 Madame, pardonnez à cette promptitude[3].

---

1. **Sans doute :** il est certain.
2. **Il n'en faut plus parler :** il ne faut plus parler de la solution que vous me proposiez.
3. **Pardonnez à cette promptitude :** pardonnez-moi de me retirer si vite.

SCÈNE 5. L'INFANTE, LÉONOR.

L'INFANTE

Hélas ! que dans l'esprit je sens d'inquiétude !
Je pleure ses malheurs, son amant me ravit ;
Mon repos m'abandonne, et ma flamme revit.
Ce qui va séparer Rodrigue de Chimène
510 Fait renaître à la fois mon espoir et ma peine ;
Et leur division[1], que je vois à regret,
Dans mon esprit charmé jette un plaisir secret.

LÉONOR

Cette haute vertu qui règne dans votre âme
Se rend-elle sitôt[2] à cette lâche flamme ?

L'INFANTE

515 Ne la nomme point lâche, à présent que chez moi
Pompeuse[3] et triomphante, elle me fait la loi :
Porte-lui du respect, puisqu'elle m'est si chère.
Ma vertu la combat, mais malgré moi j'espère ;
Et d'un si fol espoir mon cœur mal défendu[4]
520 Vole après un amant que Chimène a perdu.

LÉONOR

Vous laissez choir ainsi ce glorieux courage,
Et la raison chez vous perd ainsi son usage[5] ?

L'INFANTE

Ah ! qu'avec peu d'effet[6] on entend la raison,
Quand le cœur est atteint d'un si charmant poison !
525 Et lorsque le malade aime sa maladie,
Qu'il a peine à souffrir que l'on y remédie !

---

1. **Division** : séparation.
2. **Se rend-elle sitôt** : cède-t-elle si vite.
3. **Pompeuse** : majestueuse.
4. **Et d'un si fol espoir mon cœur mal défendu** : et mon cœur qui se défend si mal contre un espoir aussi insensé.
5. **Son usage** : son pouvoir.
6. **Effet** : résultat.

LÉONOR

Votre espoir vous séduit[1], votre mal vous est doux ;
Mais enfin ce Rodrigue est indigne de vous.

L'INFANTE

Je ne le sais que trop ; mais si ma vertu cède,
530 Apprends comme[2] l'amour flatte[3] un cœur qu'il possède.
Si Rodrigue une fois sort vainqueur du combat,
Si dessous sa valeur ce grand guerrier s'abat[4],
Je puis en faire cas[5], je puis l'aimer sans honte.
Que ne fera-t-il point, s'il peut vaincre le Comte ?
535 J'ose m'imaginer qu'à ses moindres exploits
Les royaumes entiers tomberont sous ses lois ;
Et mon amour flatteur[6] déjà me persuade
Que je le vois assis au trône de Grenade,
Les Mores[7] subjugués trembler en l'adorant,
540 L'Aragon recevoir ce nouveau conquérant,
Le Portugal[8] se rendre, et ses nobles journées[9]
Porter delà les mers ses hautes destinées,
Du sang des Africains arroser ses lauriers :
Enfin tout ce qu'on dit des plus fameux guerriers,
545 Je l'attends de Rodrigue après cette victoire,
Et fais de son amour[10] un sujet de ma gloire.

----

1. **Vous séduit :** vous induit en erreur.
2. **Comme :** comment.
3. **Flatte :** induit en erreur.
4. **Si dessous sa valeur ce grand guerrier s'abat :** si le comte tombe sous les coups du valeureux Rodrigue.
5. **Je puis en faire cas :** je peux m'intéresser à lui.
6. **Flatteur :** qui me berce d'espoir.
7. **Les Mores** (ou **Maures**) : les ennemis de la Castille. Berbères et Arabes venus d'Afrique du Nord, ils ont envahi une grande partie de l'Espagne en 712.
8. **Le Portugal :** ce pays est alors occupé par les Maures.
9. **Journées :** exploits (accomplis en un jour).
10. **Son amour :** l'amour que je lui porte.

LÉONOR

Mais, Madame, voyez où vous portez son bras[1],
Ensuite[2] d'un combat qui peut-être n'est pas.

L'INFANTE

Rodrigue est offensé ; le Comte a fait l'outrage ;
550 Ils sont sortis ensemble : en faut-il davantage ?

LÉONOR

Eh bien ! ils se battront, puisque vous le voulez ;
Mais Rodrigue ira-t-il si[3] loin que vous allez ?

L'INFANTE

Que veux-tu ? je suis folle, et mon esprit s'égare :
Tu vois par là quels maux cet amour me prépare.
555 Viens dans mon cabinet[4] consoler mes ennuis,
Et ne me quitte point dans le trouble où je suis.

---

1. **Où vous portez son bras** : jusqu'où vous l'élevez.
2. **Ensuite** : à la suite de.
3. **Si** : aussi.
4. **Cabinet** : dans le palais, pièce retirée.

REPÈRES

• Commentez la longueur et la fonction de la scène 4. Le spectateur apprend-il quelque chose de nouveau ?
• Retrouvez la scène de l'acte I où se développe un tête-à-tête entre l'infante et Léonor. Quelles étaient alors les résolutions de la jeune princesse ?

OBSERVATION

• Relevez dans la première réplique de l'infante un double champ lexical de l'espoir et du désespoir : que révèle cette opposition dans l'esprit de la princesse ?
• Relevez dans les vers 506-512 le vocabulaire dépréciatif : expliquez les objections de la gouvernante. Quel langage tient-elle ?
• V. 524-526 : sur quelle figure de style sont-ils construits ? À quoi l'amour est-il tour à tour associé ? Quels aspects de ce sentiment sont ainsi mis en lumière ?
• Mettez en relation la construction des vers 531-532 et le verbe « imaginer » (v. 535) : pourquoi l'espoir de la jeune fille renaît-il ? Relevez dans cette même réplique le champ lexical de la guerre : quelle image de Rodrigue renvoie-t-il ?
• Par quels termes la réalité prend-elle le pas sur le rêve ? Relevez quelques mots caractéristiques dans la dernière réplique de l'infante.

INTERPRÉTATIONS

• Quel scénario l'infante construit-elle dans cette scène ? Obéit-elle à la passion ou à la raison ?
• Quelle piste cette scène ouvre-t-elle pour la suite de l'intrigue ?

Scène 6. Don Fernand, Don Arias, Don Sanche.

Chez le Roi.

Don Fernand
Le Comte est donc si vain[1], et si peu raisonnable !
Ose-t-il croire encor son crime pardonnable ?

Don Arias
Je l'ai de votre part longtemps entretenu ;
560 J'ai fait mon pouvoir[2], Sire, et n'ai rien obtenu.

Don Fernand
Justes cieux ! ainsi donc un sujet téméraire
A si peu de respect et de soin[3] de me plaire !
Il offense don Diègue, et méprise son roi !
Au milieu de ma cour il me donne la loi !
565 Qu'il soit brave guerrier, qu'il soit grand capitaine,
Je saurai bien rabattre une humeur[4] si hautaine.
Fût-il la valeur même, et le dieu des combats,
Il verra ce que c'est que de n'obéir pas[5].
Quoi qu'ait pu mériter une telle insolence,
570 Je l'ai voulu d'abord traiter sans violence ;
Mais puisqu'il en abuse, allez dès aujourd'hui,
Soit qu'il résiste ou non, vous assurer de lui[6].

Don Sanche
Peut-être un peu de temps le rendrait moins rebelle :
On l'a pris tout bouillant encor de sa querelle ;
575 Sire, dans la chaleur d'un premier mouvement,
Un cœur si généreux se rend malaisément.

------

1. **Vain** : orgueilleux.
2. **Mon pouvoir** : mon possible.
3. **Soin** : souci.
4. **Une humeur** : un caractère.
5. **Il verra [...] n'obéir pas** : il verra ce qu'il en coûte de ne pas obéir.
6. **Vous assurer de lui** : l'arrêter.

Il voit bien qu'il a tort, mais une âme si haute[1]
N'est pas sitôt[2] réduite à confesser sa faute.

DON FERNAND
Don Sanche, taisez-vous, et soyez averti
580 Qu'on se rend criminel à prendre[3] son parti.

DON SANCHE
J'obéis, et me tais ; mais de grâce encor, Sire,
Deux mots en sa défense.

DON FERNAND
                    Et que pourrez-vous dire ?

DON SANCHE
Qu'une âme accoutumée aux grandes actions
Ne se peut abaisser à des submissions[4] :
585 Elle n'en conçoit point qui s'expliquent sans honte[5] ;
Et c'est à ce mot seul qu'a résisté le Comte.
Il trouve en son devoir un peu trop de rigueur,
Et vous obéirait, s'il avait moins de cœur.
Commandez que son bras, nourri dans les alarmes[6],
590 Répare cette injure à la pointe des armes ;
Il satisfera, Sire ; et vienne qui voudra,
Attendant qu'il[7] l'ait su, voici qui[8] répondra.

DON FERNAND
Vous perdez le respect ; mais je pardonne à l'âge,
Et j'excuse l'ardeur en un jeune courage.
595 Un roi dont la prudence a de meilleurs objets
Est meilleur ménager[9] du sang de ses sujets :
Je veille pour les miens, mes soucis les conservent,

---

1. **Une âme si haute** : un caractère aussi orgueilleux.
2. **Sitôt** : si vite
3. **À prendre** : en prenant.
4. **Submissions** : soumissions, excuses.
5. **Elle [...] sans honte** : pour un caractère orgueilleux comme celui du comte, toute forme d'excuse est honteuse et lâche.
6. **Nourri dans les alarmes** : habitué au danger.
7. **Attendant qu'il** : avant même qu'il.
8. **Qui** : ce qui (don Sanche montre son épée).
9. **Est meilleur ménager** : est plus économe.

Comme le chef[1] a soin des membres qui le servent.
Ainsi votre raison[2] n'est pas raison pour moi :
600 Vous parlez en soldat ; je dois agir en roi ;
Et quoi qu'on veuille dire, et quoi qu'il ose croire,
Le Comte à m'obéir[3] ne peut perdre sa gloire.
D'ailleurs l'affront me touche : il a perdu d'honneur[4]
Celui que de mon fils j'ai fait le gouverneur[5] ;
605 S'attaquer à mon choix, c'est se prendre à[6] moi-même,
Et faire un attentat sur le pouvoir suprême.
N'en parlons plus. Au reste[7], on a vu dix vaisseaux
De nos vieux ennemis arborer les drapeaux ;
Vers la bouche[8] du fleuve ils ont osé paraître.

DON ARIAS
610 Les Mores ont appris par force à vous connaître,
Et tant de fois vaincus, ils ont perdu le cœur[9]
De se plus hasarder[10] contre un si grand vainqueur.

DON FERNAND
Ils ne verront jamais sans quelque jalousie
Mon sceptre, en dépit d'eux[11], régir l'Andalousie ;
615 Et ce pays si beau, qu'ils ont trop possédé,
Avec un œil d'envie est toujours regardé.
C'est l'unique raison qui m'a fait dans Séville
Placer depuis dix ans le trône de Castille[12],
Pour les voir de plus près, et d'un ordre plus prompt[13]

---

1. **Le chef** : la tête.
2. **Votre raison** : ce qui vous semble raisonnable.
3. **À m'obéir** : en m'obéissant.
4. **Il a perdu d'honneur** : il a déshonoré.
5. **Gouverneur** : précepteur.
6. **Se prendre à** : s'en prendre à.
7. **Au reste** : d'autre part.
8. **Bouche** : l'embouchure.
9. **Le cœur** : l'envie.
10. **De se plus hasarder** : de se risquer davantage.
11. **En dépit d'eux** : malgré eux.
12. **C'est l'unique raison [...] Castille** : il s'agit là d'un anachronisme car, à l'époque de l'action, Séville n'appartenait pas encore au roi de Castille.
13. **D'un ordre plus prompt** : en donnant un ordre plus rapide.

620 Renverser aussitôt ce qu'ils entreprendront.

DON ARIAS

Ils savent aux dépens de leurs plus dignes têtes[1],
Combien votre présence assure vos conquêtes :
Vous n'avez rien à craindre.

DON FERNAND

                    Et rien à négliger :
Le trop de confiance attire le danger ;
625 Et vous n'ignorez pas qu'avec fort peu de peine
Un flux de pleine mer jusqu'ici les amène[2].
Toutefois j'aurais tort de jeter dans les cœurs,
L'avis étant mal sûr[3], de paniques terreurs.
L'effroi que produirait cette alarme inutile,
630 Dans la nuit qui survient troublerait trop la ville :
Faites doubler la garde aux murs et sur le port.
C'est assez pour ce soir.

SCÈNE 7. DON FERNAND, DON SANCHE,
DON ALONSE.

DON ALONSE

Sire, le Comte est mort :
Don Diègue, par son fils, a vengé son offense.

DON FERNAND

Dès que j'ai su l'affront, j'ai prévu la vengeance ;
635 Et j'ai voulu dès lors prévenir[4] ce malheur.

---

1. **Leurs plus dignes têtes** : leurs meilleurs combattants.
2. **Un flux [...] amène** : Séville est située sur l'estuaire du Guadalquivir. Bien qu'elle soit éloignée de plus de 100 km de la mer, l'influence des marées s'y fait sentir.
3. **L'avis étant mal sûr** : la nouvelle étant peu sûre.
4. **Prévenir** : éviter.

REPÈRES

• Qui est don Sanche ? Que savons-nous de ce personnage ? Reportez-vous à la scène 1 de l'acte I pour faire le point.
• Rattachez cette scène à une scène antérieure. Montrez qu'elle s'inscrit en décalage par rapport aux événements.

OBSERVATION

• Quels sentiments exprime le roi dans les vers 561-564 ? Par quel procédé d'écriture Corneille traduit-il l'humeur du souverain ?
Relevez les phrases exprimant la concession dans cette réplique : que soulignent-elles ? De quelle décision s'accompagnent-elles ?
• Isolez les répliques par lesquelles don Sanche prend la défense du comte : relevez les marques de l'argumentation (adverbes, prépositions, temps verbaux). Quels arguments développe-t-il ?
• V. 593-609 : relevez les vers qui évoquent le problème du duel et qui posent la question de l'autorité du roi sur la noblesse. À quels événements de son époque Corneille fait-il allusion ? Aidez-vous de l'introduction (p. 26).
• Par quelle phrase le roi clôt-il le sujet du comte ? Sur quel ton ? Commentez la construction syntaxique.
• Relevez dans la dernière réplique un vers-sentence. Quel danger évoque-t-il et quel trait de caractère révèle-t-il ?
Comparez les vers 607 et 631 : que suggèrent les expressions « dix vaisseaux » et « doubler la garde » ?

INTERPRÉTATIONS

• Le roi : quels sont les traits marquants de sa personnalité sur les plans individuel et politique ?
• De quel motif l'intrigue s'enrichit-elle dans cette scène ? Quel épisode dramatique se profile ?

DON ALONSE

Chimène à vos genoux apporte sa douleur ;
Elle vient tout en pleurs vous demander justice.

DON FERNAND

Bien qu'à ses déplaisirs[1] mon âme compatisse,
Ce que le Comte a fait semble avoir mérité
640 Ce digne châtiment de sa témérité.
Quelque juste pourtant que puisse être sa peine,
Je ne puis sans regret perdre un tel capitaine.
Après un long service à mon État rendu[2],
Après son sang pour moi mille fois répandu,
645 À quelques sentiments que son orgueil m'oblige[3],
Sa perte m'affaiblit, et son trépas m'afflige.

SCÈNE 8. DON FERNAND, DON DIÈGUE, CHIMÈNE, DON SANCHE, DON ARIAS, DON ALONSE.

CHIMÈNE

Sire, Sire, justice !

DON DIÈGUE
Ah ! Sire, écoutez-nous.

CHIMÈNE

Je me jette à vos pieds.

DON DIÈGUE
J'embrasse vos genoux.

---

1. **Ses déplaisirs** : son désespoir.
2. **Après [...] rendu** : après les longues années qu'il a consacrées au service de l'État.
3. **À quelques [...] m'oblige** : quels que soient les sentiments que son orgueil m'oblige à éprouver.

CHIMÈNE

Je demande justice.

DON DIÈGUE
Entendez ma défense.

CHIMÈNE
650 D'un jeune audacieux punissez l'insolence :
Il a de votre sceptre abattu le soutien,
Il a tué mon père.

DON DIÈGUE
Il a vengé le sien.

CHIMÈNE
Au sang de ses sujets un roi doit la justice.

DON DIÈGUE
Pour la juste vengeance il n'est point de supplice.

DON FERNAND
655 Levez-vous l'un et l'autre, et parlez à loisir.
Chimène, je prends part à votre déplaisir ;
D'une égale douleur je sens mon âme atteinte.
(À don Diègue.)
Vous parlerez après ; ne troublez pas sa plainte.

CHIMÈNE
Sire, mon père est mort ; mes yeux ont vu son sang
660 Couler à gros bouillons de son généreux flanc ;
Ce sang qui tant de fois garantit vos murailles,
Ce sang qui tant de fois vous gagna des batailles,
Ce sang qui tout sorti fume encor de courroux
De se voir répandu pour d'autres que pour vous,
665 Qu'au milieu des hasards n'osait verser la guerre[1],
Rodrigue en votre cour vient d'en couvrir la terre.
J'ai couru sur le lieu, sans force et sans couleur :
Je l'ai trouvé sans vie. Excusez ma douleur,
Sire, la voix me manque à ce récit funeste ;
670 Mes pleurs et mes soupirs vous diront mieux le reste.

---

1. **Qu'au milieu... guerre** : ce sang que la guerre n'osait verser en plein comb

DON FERNAND

Prends courage, ma fille, et sache qu'aujourd'hui
Ton roi te veut servir de père au lieu de lui[1].

CHIMÈNE

Sire, de trop d'honneur ma misère est suivie.
Je vous l'ai déjà dit, je l'ai trouvé sans vie ;
675 Son flanc était ouvert ; et, pour mieux m'émouvoir[2],
Son sang sur la poussière écrivait mon devoir ;
Ou plutôt sa valeur en cet état réduite
Me parlait par sa plaie, et hâtait ma poursuite[3] ;
Et, pour se faire entendre au plus juste des rois,
680 Par cette triste bouche[4] elle empruntait ma voix.

Sire, ne souffrez pas[5] que sous votre puissance
Règne devant vos yeux une telle licence[6] ;
Que les plus valeureux, avec impunité[7],
Soient exposés aux coups de la témérité ;
685 Qu'un jeune audacieux triomphe de leur gloire,
Se baigne dans leur sang, et brave leur mémoire.
Un si vaillant guerrier qu'on vient de vous ravir[8]
Éteint, s'il n'est vengé, l'ardeur de vous servir.
Enfin mon père est mort, j'en demande vengeance,
690 Plus pour votre intérêt que pour mon allégeance[9].
Vous perdez en la mort d'un homme de son rang[10] :
Vengez-la par une autre, et le sang par le sang.

---

1. **Au lieu de lui** : à sa place.
2. **M'émouvoir** : me bouleverser.
3. **Et hâtait ma poursuite** : et exigeait que je poursuive son meurtrier sans
attendre.
4. **Cette triste bouche** : les lèvres de la plaie.
5. **Ne souffrez pas** : n'admettez pas.
6. **Licence** : liberté dans le mépris de vos lois.
7. **Avec impunité** : sans risquer de punition.
8. **Ravir** : enlever.
9. **Allégeance** : soulagement.
10. **Vous perdez... rang** : la mort d'un homme de son rang est une lourde
perte pour vous.

Immolez, non à moi, mais à votre couronne,
Mais à votre grandeur, mais à votre personne ;
695 Immolez[1], dis-je, Sire, au bien de tout l'État
Tout ce[2] qu'enorgueillit un si haut attentat[3].

DON FERNAND
Don Diègue, répondez.

DON DIÈGUE
       Qu'on est digne d'envie
Lorsqu'en perdant la force on perd aussi la vie,
Et qu'un long âge[4] apprête[5] aux hommes généreux,
700 Au bout de leur carrière, un destin malheureux !
Moi, dont les longs travaux ont acquis tant de gloire,
Moi, que jadis partout a suivi la victoire,
Je me vois aujourd'hui, pour avoir trop vécu,
Recevoir un affront et demeurer vaincu.
705 Ce que n'a pu jamais combat, siège, embuscade,
Ce que n'a pu jamais Aragon ni Grenade,
Ni tous vos ennemis, ni tous mes envieux,
Le Comte en votre cour l'a fait presque à vos yeux,
Jaloux de votre choix[6], et fier de l'avantage
710 Que lui donnait sur moi l'impuissance de l'âge.
    Sire, ainsi ces cheveux blanchis sous le harnois[7],
Ce sang pour vous servir prodigué tant de fois,
Ce bras, jadis l'effroi d'une armée ennemie,
Descendaient au tombeau tout chargés d'infamie,
715 Si je n'eusse produit un fils digne de moi,
Digne de son pays et digne de son roi.
Il m'a prêté sa main, il a tué le Comte ;
Il m'a rendu l'honneur, il a lavé ma honte.

---

1. **Immolez** : sacrifiez.
2. **Ce** : Rodrigue et don Diègue.
3. **Un si haut attentat** : un attentat contre un homme de si haute importance.
4. **Un long âge** : une longue vie.
5. **Apprête** : prépare.
6. **Jaloux de votre choix** : jaloux parce que vous m'avez choisi.
7. **Sous le harnois** : à la guerre.

Si montrer du courage et du ressentiment[1],
720 Si venger un soufflet mérite un châtiment,
Sur moi seul doit tomber l'éclat de la tempête[2] :
Quand le bras a failli, l'on en punit la tête[3].
Qu'on nomme crime, ou non, ce qui fait nos débats,
Sire, j'en suis la tête, il n'en est que le bras.
725 Si Chimène se plaint qu'il a tué son père,
Il ne l'eût jamais fait si je l'eusse pu faire.
Immolez donc ce chef que les ans vont ravir[4],
Et conservez pour vous le bras qui peut servir.
Aux dépens de mon sang satisfaites Chimène :
730 Je n'y résiste point[5], je consens à ma peine ;
Et loin de murmurer d'un rigoureux décret,
Mourant sans déshonneur, je mourrai sans regret.

DON FERNAND
L'affaire est d'importance, et, bien considérée,
Mérite en plein conseil[6] d'être délibérée.
735 Don Sanche, remettez Chimène en sa maison.
Don Diègue aura ma cour et sa foi[7] pour prison.
Qu'on me cherche son fils. Je vous ferai justice.

CHIMÈNE
Il est juste, grand Roi, qu'un meurtrier périsse.

DON FERNAND
Prends du repos, ma fille, et calme tes douleurs.

CHIMÈNE
740 M'ordonner du repos, c'est croître[8] mes malheurs.

---

1. **Ressentiment** : douleur.
2. **La tempête** : la colère du roi.
3. **Quand le bras [...] tête** : on doit punir celui qui a voulu cette vengeance,
   et non celui qui l'a exécutée.
4. **Ce chef [...] ravir** : cette tête que les ans vont emporter.
5. **Je n'y résiste point** : je ne montre aucune résistance.
6. **En plein conseil** : en pleine assemblée, en toute sagesse.
7. **Sa foi** : sa parole de ne pas s'échapper.
8. **Croître** : augmenter.

REPÈRES

• Quelle information apporte la scène 7 ? Quel écart chronologique résout-elle ?
• Qui entre dans la scène 8 ? Que laissent deviner ces entrées ?

OBSERVATION

• Analysez les procédés d'écriture qui donnent aux vers 647-650 une force particulière.
Relevez les répétitions : sur quoi insistent-elles ?
• Relevez le champ lexical de la mort dans le discours de Chimène : que produit le réalisme des mots ? Par quelle figure de style le mot « sang » est-il mis en valeur (vers 661-663) ?
• Interprétez le passage au tutoiement dans les vers 671-672 : quel sentiment laisse-t-il paraître ?
Relevez les termes par lesquels le roi nomme Chimène. Quel rôle s'attribue-t-il ?
• Comparez la longueur des répliques de Chimène, de don Diègue et du roi : que remarquez-vous ?
• V. 681-696 : que réclame Chimène ? Analysez la composition de sa plainte (v. 673-696).
Par quels procédés Corneille renforce-t-il l'argumentation (reprises, constructions, temps verbaux…) ?
• Analysez les justifications de don Diègue en vous aidant des mots clés (v. 697-732).
Relevez les symétries. Qu'ajoutent-elles au discours ?
• V. 727 : que propose don Diègue ? Citez les verbes clés.
Quelles décisions prend le roi ? Appuyez votre réponse sur les temps et les modes verbaux des vers 735-737.

INTERPRÉTATIONS

• Montrez que cette scène ressemble à un procès.
• Quels traits apparaissent chez Chimène ?
• Pourquoi Corneille reporte-t-il le jugement du roi ?

Le changement du point de vue

Dans l'acte II s'opère au fil des scènes un glissement dans la signification des événements. Ce qui n'était d'abord qu'un conflit privé entre personnes devient une affaire d'État. Ce changement de perspective s'opère à partir du duel (scène 2), acte hors la loi qui fait entrer les personnages dans l'illégalité. Dès lors, l'action prend une dimension juridique et exemplaire. Elle regarde désormais le pouvoir et exige une solution politique (scène 6). Simultanément, les personnages changent de fonction : le roi devenu arbitre passe au rang de personnage actif. Les autres personnages clés sont en situation d'attente : Chimène attend que justice lui soit rendue et Rodrigue qu'on se prononce sur son sort.

Le vers cornélien

L'acte II contient quelques-uns des vers les plus célèbres du théâtre français. Morceaux de bravoure, ils tiennent leur valeur poétique et littéraire de leur technique d'écriture fondée sur une série de procédés dominants qui se combinent entre eux pour renforcer le sens. On relève principalement :
– la reprise syntaxique
– la reprise lexicale
– la symétrie
– le travail du rythme
– le jeu des sonorités
– les figures de style

Et l'on peut/ me rédui/re à vivre/ sans bonheur,
Mais non pas/ me résou/dre à vivre/ sans honneur (v. 395-396) :
– rythme 3/3/3/3 ; rimes riches : « bon<u>heur</u> / hon<u>neur</u> » ; reprises grammaticales et lexicales : « me », « à vivre », « sans » ; échos sonores : « l'<u>on</u> / n<u>on</u> », « <u>ré</u>duire / <u>ré</u>soudre » ; reprises syntaxiques : « me réduire à vivre / me résoudre à vivre ».

Mes pareils/ à deux fois/ ne se font point connaître,
Et pour leurs coups d'essai/ veulent des coups de maître (v. 409-410) :
– amplification du rythme : 3/3/6/6/6 ; rimes riches : « conn<u>aître</u> / m<u>aître</u> » ; écho sonore : « ess<u>ai</u> / conn<u>aî</u>tre / m<u>aî</u>tre » ; dominante de mots courts suggérant les coups ; reprise lexicale : « coups / coups » produisant un écho sonore.

À qui ven/ge son pè/re il n'est rien / impossible
Ton bras est invaincu/ mais non pas invincible (v. 417-418) :
symétrie du rythme à l'intérieur de chaque vers (3/3/3/3 et 6/6),
rimes riches : « impo<u>ssible</u> / invin<u>cible</u> », synecdoque (« ton bras »
pour désigner le comte) ; antithèse : « <u>inva</u>incu / <u>invin</u>cible » renforcée par la reprise du son « in ».

À vaincre sans péril,/ on triomphe sans gloire (v. 434) :
rythme 6/6 qui scande l'idée ; symétrie des constructions à l'intérieur des deux hémistiches : « sans péril / sans gloire » ; reprise de la
préposition « sans » à valeur rythmique et sonore ; échos sonores :
« <u>on</u> / tri<u>om</u>phe ».

Mourant/ sans déshonneur,/ je mourrai/ sans regret (v. 732) :
rythme 2/4/3/3 qui met en valeur le groupe « sans déshonneur » ;
reprise lexicale : « m<u>our</u>ant / m<u>our</u>rai », « <u>sans</u> / <u>sans</u> » créant des
échos sonores à l'intérieur du vers et produisant un effet d'insis-
tance.

ACTE III

SCÈNE PREMIÈRE. DON RODRIGUE, ELVIRE.

Chez Chimène.

ELVIRE
Rodrigue, qu'as-tu fait ? où viens-tu, misérable[1] ?

DON RODRIGUE
Suivre le triste cours de mon sort déplorable[2].

ELVIRE
Où prends-tu cette audace et ce nouvel orgueil,
De paraître en des lieux que tu remplis de deuil ?
745 Quoi ? viens-tu jusqu'ici braver l'ombre du Comte ?
Ne l'as-tu pas tué ?

DON RODRIGUE
Sa vie était ma honte :
Mon honneur de ma main a voulu cet effort[3].

ELVIRE
Mais chercher ton asile en la maison du mort !
Jamais un meurtrier en fit-il son refuge ?

DON RODRIGUE
750 Et je n'y viens aussi que m'offrir[4] à mon juge.
Ne me regarde plus d'un visage étonné ;
Je cherche le trépas après l'avoir donné.
Mon juge est mon amour, mon juge est ma Chimène :
Je mérite la mort de mériter sa haine[5],

---

1. **Misérable :** malheureux, digne de pitié.
2. **Déplorable :** qui est à plaindre.
3. **Mon honneur [...] effort :** mon honneur exigeait que je tue le comte.
4. **Que m'offrir :** que pour m'offrir.
5. **De mériter sa haine :** puisque je mérite sa haine.

755 Et j'en[1] viens recevoir, comme un bien souverain,
Et l'arrêt de sa bouche, et le coup de sa main.

ELVIRE
Fuis plutôt de ses yeux, fuis de[2] sa violence ;
À ses premiers transports[3] dérobe ta présence :
Va, ne t'expose point aux premiers mouvements
760 Que poussera[4] l'ardeur de ses ressentiments.

DON RODRIGUE
Non, non, ce cher objet[5] à qui j'ai pu déplaire
Ne peut pour mon supplice avoir trop de colère ;
Et j'évite cent morts[6] qui me vont accabler,
Si pour mourir plus tôt je puis la redoubler[7].

ELVIRE
765 Chimène est au palais, de pleurs toute baignée,
Et n'en reviendra point que[8] bien accompagnée.
Rodrigue, fuis, de grâce : ôte-moi de souci[9].
Que ne dira-t-on point si l'on te voit ici ?
Veux-tu qu'un médisant, pour comble à sa misère,
770 L'accuse d'y souffrir[10] l'assassin de son père ?
Elle va revenir ; elle vient, je la voi[11] :
Du moins, pour son honneur[12], Rodrigue, cache-toi.

---

1. **En** : désigne la mort.
2. **Fuis de** : éloigne-toi.
3. **Transports** : réaction violente.
4. **Poussera** : fera naître.
5. **Objet** : femme aimée. Le mot appartient au vocabulaire amoureux du XVIIᵉ siècle.
6. **Morts** : tourments.
7. **Je puis la redoubler** : je peux redoubler sa colère.
8. **Que** : sinon.
9. **Ôte-moi de souci** : délivre-moi du souci.
10. **Souffrir** : admettre, supporter.
11. **Je la voi** : je la vois. Orthographe encore admise au XVIIᵉ siècle.
12. **Pour son honneur** : pour sa réputation.

REPÈRES

• Dans quelle scène avons-nous laissé Rodrigue et que s'est-il passé depuis ?
• Dans quel lieu se passait la dernière scène de l'acte II ? Où se déroule cette scène et qu'annonce ce changement de lieu ?
• Pourquoi est-il dangereux pour Rodrigue de se montrer soit chez Chimène, soit sur la place publique ?

OBSERVATION

• Quel type de phrase domine dans les deux premières répliques d'Elvire ? Quelles émotions exprime-t-elle ainsi ? Relevez les mots qui précisent ses sentiments.
• Relevez le champ lexical de la mort : à quel double objectif répond-il ?
• Quelle allitération produit la reprise de l'adjectif possessif dans le vers 753 ? Par quels termes cette allitération est-elle renforcée dans le vers suivant ?
Quel effet crée ce procédé sonore ?
• Quel conseil donne Elvire à Rodrigue ? Par quel procédé Corneille donne-t-il à cet avis une intensité dramatique particulière ?
Relevez deux vers justifiant ce conseil. Que craint la gouvernante ?
• Commentez le vers 770 : type de phrase, longueur des mots, rythme. Que soulignent ces procédés ?

INTERPRÉTATIONS

• Quel effet produit la visite de Rodrigue « dans la maison du mort » ?
Analysez sa signification et ses effets possibles sur la suite de l'action.

SCÈNE 2. DON SANCHE, CHIMÈNE, ELVIRE.

DON SANCHE

Oui, Madame, il vous faut de sanglantes victimes :
Votre colère est juste, et vos pleurs légitimes ;
775 Et je n'entreprends pas, à force de parler,
Ni de vous adoucir[1], ni de vous consoler.
Mais si de vous servir je puis être capable,
Employez mon épée à punir le coupable ;
Employez mon amour à venger cette mort :
780 Sous vos commandements mon bras sera trop fort[2].

CHIMÈNE

Malheureuse !

DON SANCHE

De grâce, acceptez mon service[3].

CHIMÈNE

J'offenserais le Roi, qui m'a promis justice.

DON SANCHE

Vous savez qu'elle[4] marche avec tant de langueur,
Qu'assez souvent le crime échappe à sa longueur[5] ;
785 Son cours lent et douteux fait trop perdre de larmes.
Souffrez qu'un cavalier vous venge par les armes :
La voie en est plus sûre, et plus prompte à punir.

CHIMÈNE

C'est le dernier remède[6] ; et s'il faut y venir,
Et que de mes malheurs cette pitié vous dure,

---

1. **Adoucir** : calmer.
2. **Trop fort** : très fort.
3. **Acceptez mon service** : acceptez que je me mette à votre service, disposez de moi.
4. **Elle** : la justice.
5. **Le crime échappe à sa longueur** : la justice est si lente que souvent le crime reste impuni.
6. **Le dernier remède** : la dernière solution.

/90 **Vous serez libre alors** de venger mon injure[1].

DON SANCHE

C'est l'unique bonheur où mon âme prétend ;
Et, pouvant l'espérer, je m'en vais trop[2] content.

SCÈNE 3. CHIMÈNE, ELVIRE.

CHIMÈNE

Enfin je me vois libre[3], et je puis sans contrainte
De mes vives douleurs te faire voir l'atteinte[4] ;
795 Je puis donner passage[5] à mes tristes soupirs ;
Je puis t'ouvrir mon âme et tous mes déplaisirs.
   Mon père est mort, Elvire ; et la première épée
Dont s'est armé Rodrigue, a sa trame coupée[6].
Pleurez, pleurez, mes yeux, et fondez-vous en eau !
800 La moitié de ma vie[7] a mis l'autre[8] au tombeau,
Et m'oblige à venger, après ce coup funeste,
Celle que je n'ai plus sur celle qui me reste.

ELVIRE

Reposez-vous[9], Madame.

---

1. **Mon injure** : l'outrage qui m'a été fait.
2. **Trop** : vraiment.
3. **Enfin je me vois libre** : enfin me voilà libre.
4. **L'atteinte** : la blessure.
5. **Donner passage** : exprimer.
6. **A sa trame coupée** : a tranché sa vie. Dans l'Antiquité, les Parques, déesses du Destin, filaient la vie des hommes comme on file la laine. Quand elles coupaient le fil, l'homme mourait.
7. **La moitié de ma vie** : Rodrigue.
8. **L'autre** : le père de Chimène.
9. **Reposez-vous** : calmez-vous.

CHIMÈNE

Ah ! que mal à propos
Dans un malheur si grand tu parles de repos !
805 Par où[1] sera jamais ma douleur apaisée,
Si je ne puis haïr la main qui l'a causée ?
Et que dois-je espérer qu'[2] un tourment éternel,
Si je poursuis un crime, aimant le criminel ?

ELVIRE

Il vous prive d'un père, et vous l'aimez encore !

CHIMÈNE

810 C'est peu de dire aimer, Elvire : je l'adore ;
Ma passion s'oppose à mon ressentiment[3] ;
Dedans[4] mon ennemi je trouve mon amant ;
Et je sens qu'en dépit de toute ma colère,
Rodrigue dans mon cœur combat encor mon père :
815 Il l'attaque, il le presse, il cède, il se défend,
Tantôt fort, tantôt faible, et tantôt triomphant ;
Mais, en ce dur combat de colère et de flamme[5],
Il déchire mon cœur sans partager mon âme[6] ;
Et quoi que mon amour ait sur moi de pouvoir[7],
820 Je ne consulte point[8] pour suivre mon devoir :
Je cours sans balancer où mon honneur m'oblige.
Rodrigue m'est bien cher, son intérêt m'afflige[9] ;
Mon cœur prend son parti ; mais, malgré son effort[10],
Je sais ce que je suis, et que mon père est mort.

---

1. **Par où** : par quel moyen.
2. **Qu'** : sinon.
3. **Ressentiment** : rancune.
4. **Dedans** : dans.
5. **De colère et de flamme** : entre la colère et l'amour.
6. **Âme** : siège de la volonté.
7. **Et quoi [...] pouvoir** : quelque pouvoir que mon amour ait sur moi.
8. **Je ne consulte point** : je n'hésite pas.
9. **Son intérêt m'afflige** : l'amour que je lui porte m'afflige.
10. **Son effort** : la force de mon amour.

ELVIRE

825 Pensez-vous le poursuivre[1] ?

CHIMÈNE

Ah ! cruelle pensée !
Et cruelle poursuite où je me vois forcée !
Je demande sa tête, et crains de l'obtenir :
Ma mort suivra la sienne, et je le veux punir !

ELVIRE

Quittez, quittez, Madame, un dessein[2] si tragique ;
830 Ne vous imposez point de loi si tyrannique.

CHIMÈNE

Quoi ! mon père étant mort, et presque entre mes bras,
Son sang criera vengeance, et je ne l'orrai pas[3] !
Mon cœur, honteusement surpris par d'autres charmes[4],
Croira ne lui devoir que d'impuissantes larmes !
835 Et je pourrai souffrir qu'un amour suborneur[5]
Sous un lâche silence étouffe mon honneur !

ELVIRE

Madame, croyez-moi, vous serez excusable
D'avoir moins de chaleur[6] contre un objet[7] aimable,
Contre un amant si cher : vous avez assez fait,
840 Vous avez vu le Roi ; n'en pressez point l'effet[8],
Ne vous obstinez point en cette humeur étrange[9].

---

1. **Le poursuivre** : engager des poursuites contre Rodrigue.
2. **Un dessein** : un projet.
3. **Et je ne l'orrai pas** : et je ne l'entendrai pas. Futur du verbe « ouïr ».
4. **D'autres charmes** : son amour pour Rodrigue.
5. **Suborneur** : corrupteur, qui détourne du devoir.
6. **Chaleur** : colère.
7. **Un objet** : une personne.
8. **N'en pressez point l'effet** : ne soyez pas trop impatiente.
9. **Cette humeur étrange** : ce projet extravagant.

CHIMÈNE

Il y va de ma gloire, il faut que je me venge ;
Et de quoi que nous flatte un désir amoureux[1],
Toute excuse est honteuse aux esprits généreux.

ELVIRE

845 Mais vous aimez Rodrigue, il ne vous peut déplaire.

CHIMÈNE

Je l'avoue.

ELVIRE

Après tout[2], que pensez-vous donc faire ?

CHIMÈNE

Pour conserver ma gloire et finir mon ennui,
Le poursuivre, le perdre, et mourir après lui.

SCÈNE 4. DON RODRIGUE, CHIMÈNE, ELVIRE.

DON RODRIGUE

Eh bien ! sans vous donner la peine de poursuivre,
850 Assurez-vous l'honneur de m'empêcher de vivre.

CHIMÈNE

Elvire, où sommes-nous, et qu'est-ce que je voi[3] ?
Rodrigue en ma maison ! Rodrigue devant moi !

DON RODRIGUE

N'épargnez point mon sang : goûtez sans résistance
La douceur de ma perte et de votre vengeance.

---

1. **Et de quoi [...] amoureux** : quelles que soient les séductions de l'amour.
2. **Après tout** : en définitive.
3. **Je voi** : je vois. Orthographe admise au XVIIe siècle.

REPÈRES

• Qu'éprouve don Sanche pour Chimène (voir acte I, scène 1) ?
• Où se trouve Rodrigue pendant l'entretien de Chimène et d'Elvire ?

OBSERVATION

• Que propose don Sanche à Chimène ? Répondez en vous appuyant sur le vocabulaire.
• Par quels mots et expressions don Sanche critique-t-il la justice royale ? Quel aspect de ce personnage apparaît ici ?
• Relevez le champ lexical de la douleur : que souligne-t-il ?
• V. 805-808 : expliquez les contradictions de Chimène. Par quelle construction sont-elles mises en évidence ?
V. 810-824 : relevez les termes grammaticaux traduisant le dilemme de Chimène. Que soulignent les vers 815-816 ? Analysez leur construction.
• Relevez deux vers dans lesquels Chimène confesse son amour : sur quelles figures de style sont-ils construits ?
• En vous appuyant sur les procédés d'écriture (constructions, ponctuation, temps et modes), analysez les interventions d'Elvire : dans quel sens cherche-t-elle à influencer Chimène ?
• V. 847-848 : comment est construit le vers 848 ? Mesurez son intensité dramatique.
Quelles sont les motivations de Chimène ? Citez deux mots clés.

INTERPRÉTATIONS

• À quelle tradition historique et littéraire se rattache l'offre de service de don Sanche ? Explorez vos connaissances de l'histoire et de la littérature du Moyen Âge.
• En quoi consiste ici la complexité de Chimène ?

CHIMÈNE

855 Hélas !

DON RODRIGUE

Écoute-moi.

CHIMÈNE

Je me meurs.

DON RODRIGUE

Un moment.

CHIMÈNE

Va, laisse-moi mourir.

DON RODRIGUE

Quatre mots seulement :
Après, ne me réponds qu'avecque[1] cette épée.

CHIMÈNE

Quoi ! du sang de mon père encor toute trempée !

DON RODRIGUE

Ma Chimène...

CHIMÈNE

Ôte-moi cet objet odieux,
860 Qui reproche ton crime et ta vie à mes yeux.

DON RODRIGUE

Regarde-le plutôt pour exciter ta haine,
Pour croître[2] ta colère et pour hâter ma peine[3].

CHIMÈNE

Il est teint de mon sang.

DON RODRIGUE

Plonge-le dans le mien,
Et fais-lui perdre ainsi la teinture[4] du tien.

----

1. **Avecque :** forme ancienne de « avec ».
2. **Croître :** augmenter.
3. **Ma peine :** mon châtiment.
4. **Teinture :** couleur.

CHIMÈNE
Va, je suis ta partie, et non pas ton bourreau.
Si tu m'offres ta tête, est-ce à moi de la prendre ?
*Gérard Philipe (Rodrigue) et Maria Casarès (Chimène)
lors d'une répétition dirigée par Jean Vilar, 1951.*

CHIMÈNE

865 Ah ! quelle cruauté, qui tout en un jour[1] tue
Le père par le fer, la fille par la vue !
Ôte-moi cet objet, je ne le puis souffrir[2] :
Tu veux que je t'écoute, et[3] tu me fais mourir !

DON RODRIGUE

Je fais ce que tu veux, mais sans quitter[4] l'envie
870 De finir par tes mains ma déplorable vie ;
Car enfin n'attends pas de mon affection
Un lâche repentir d'une bonne action.
L'irréparable effet d'une chaleur trop prompte[5]
Déshonorait mon père, et me couvrait de honte.
875 Tu sais comme un soufflet touche un homme de cœur ;
J'avais part à l'affront[6], j'en ai cherché l'auteur :
Je l'ai vu, j'ai vengé mon honneur et mon père ;
Je le ferais encor, si j'avais à le faire.
Ce n'est pas qu'en effet[7] contre mon père et moi
880 Ma flamme assez longtemps n'ait combattu pour toi ;
Juge de son pouvoir : dans une telle offense[8]
J'ai pu délibérer si j'en prendrais vengeance[9].
Réduit à te déplaire, ou souffrir un affront,
J'ai pensé qu'à son tour mon bras était trop prompt ;
885 Je me suis accusé de trop de violence ;
Et ta beauté sans doute emportait la balance[10],

---

1. **Tout en un jour :** en un seul jour.
2. **Je ne le puis souffrir :** je ne puis le supporter.
3. **Et :** et pourtant.
4. **Quitter :** perdre, renoncer à.
5. **Une chaleur trop prompte :** l'emportement du comte dans la scène du soufflet.
6. **J'avais part à l'affront :** je subissais une partie de l'affront.
7. **En effet :** en réalité.
8. **Dans une telle offense :** malgré l'ampleur de l'offense.
9. **J'ai pu [...] vengeance :** je me suis demandé si je me vengerais.
10. **Emportait la balance :** aurait triomphé.

À moins que d'opposer à tes plus forts appas
Qu'un homme sans honneur ne te méritait pas ;
Que, malgré cette part que j'avais en ton âme,
890 Qui m'aima généreux me haïrait infâme ;
Qu'écouter ton amour, obéir à sa voix,
C'était m'en rendre indigne et diffamer[1] ton choix.
Je te le dis encore ; et quoique j'en soupire,
Jusqu'au dernier soupir je veux bien[2] le redire :
895 Je t'ai fait une offense, et j'ai dû m'y porter[3]
Pour effacer ma honte, et pour te mériter ;
Mais quitte[4] envers l'honneur, et quitte envers
[mon père,
C'est maintenant à toi que je viens satisfaire[5].
C'est pour t'offrir mon sang qu'en ce lieu tu me vois.
900 J'ai fait ce que j'ai dû, je fais ce que je dois.
Je sais qu'un père mort t'arme contre mon crime ;
Je ne t'ai pas voulu dérober ta victime :
Immole avec courage au sang qu'il[6] a perdu
Celui qui[7] met sa gloire à l'avoir répandu.

CHIMÈNE

905 Ah ! Rodrigue, il est vrai, quoique ton ennemie,
Je ne puis te blâmer d'avoir fui l'infamie ;
Et de quelque façon qu'éclatent mes douleurs,
Je ne t'accuse point, je pleure mes malheurs.
Je sais ce que l'honneur, après un tel outrage,
910 Demandait à l'ardeur d'un généreux courage :
Tu n'as fait le devoir que d'un homme de bien[8] ;

---

1. **Diffamer :** déshonorer.
2. **Bien :** avec force.
3. **M'y porter :** m'y résoudre.
4. **Quitte :** libéré d'une obligation.
5. **Satisfaire :** offrir réparation.
6. **Il :** le comte.
7. **Celui qui :** Rodrigue lui-même.
8. **Tu n'as fait [...] bien :** tu n'as fait que le devoir d'un homme de bien.

Mais aussi, le faisant, tu m'as appris le mien.
Ta funeste valeur m'instruit par ta victoire ;
Elle a vengé ton père et soutenu ta gloire :
915 Même soin me regarde[1], et j'ai, pour m'affliger,
Ma gloire à soutenir, et mon père à venger.
Hélas ! ton intérêt[2] ici me désespère :
Si quelque autre malheur m'avait ravi mon père,
Mon âme aurait trouvé dans le bien[3] de te voir
920 L'unique allégement qu'elle eût pu recevoir ;
Et contre ma douleur j'aurais senti des charmes,
Quand une main si chère eût essuyé mes larmes.
Mais il me faut te perdre après l'avoir perdu ;
Cet effort sur ma flamme à mon honneur est dû ;
925 Et cet affreux devoir, dont l'ordre m'assassine,
Me force à travailler moi-même à ta ruine[4].
Car enfin n'attends pas de mon affection
De lâches sentiments pour ta punition[5].
De quoi qu'en ta faveur notre amour m'entretienne[6],
930 Ma générosité doit répondre à la tienne :
Tu t'es, en m'offensant, montré digne de moi ;
Je me dois, par ta mort, montrer digne de toi.

DON RODRIGUE

Ne diffère[7] donc plus ce que l'honneur t'ordonne :
Il demande ma tête, et je te l'abandonne ;
935 Fais-en un sacrifice à ce noble intérêt[8] :
Le coup m'en sera doux, aussi bien que l'arrêt[9].

---

1. **Même soin me regarde** : j'ai la même mission à remplir.
2. **Ton intérêt** : mon amour pour toi.
3. **Le bien** : le bonheur.
4. **Ruine** : perte.
5. **Pour ta punition** : qui me feraient renoncer à la punition.
6. **De quoi [...] m'entretienne** : bien que mon amour parle en ta faveur.
7. **Diffère** : retarde.
8. **Noble intérêt** : l'honneur.
9. **L'arrêt** : la décision.

Attendre après mon crime une lente justice,
C'est reculer ta gloire autant que mon supplice.
Je mourrai trop[1] heureux, mourant d'un coup si beau.

CHIMÈNE

940 Va, je suis ta partie[2], et non pas ton bourreau.
Si tu m'offres ta tête, est-ce à moi de la prendre ?
Je la dois attaquer, mais tu dois la défendre ;
C'est d'un autre que toi qu'il me faut l'obtenir,
Et je dois te poursuivre, et non pas te punir.

DON RODRIGUE

945 De quoi qu'en ma faveur notre amour t'entretienne[3],
Ta générosité doit répondre à la mienne ;
Et pour venger un père emprunter d'autres bras,
Ma Chimène, crois-moi, c'est n'y répondre pas :
Ma main seule du mien a su venger l'offense,
950 Ta main seule du tien doit prendre la vengeance.

CHIMÈNE

Cruel ! à quel propos sur ce point t'obstiner ?
Tu t'es vengé sans aide, et tu m'en veux donner !
Je suivrai ton exemple, et j'ai trop de courage
Pour souffrir qu'avec toi ma gloire se partage.
955 Mon père et mon honneur ne veulent rien devoir
Aux traits de[4] ton amour ni de ton désespoir.

DON RODRIGUE

Rigoureux point d'honneur ! hélas ! quoi que je fasse,
Ne pourrai-je à la fin obtenir cette grâce[5] ?
Au nom d'un père mort, ou de notre amitié[6],
960 Punis-moi par vengeance, ou du moins par pitié.

---

1. **Trop** : très.
2. **Ta partie** : ton adversaire. Terme de la langue juridique.
3. **De quoi [...] t'entretienne** : quelles que soient les pensées que notre amour fait naître en toi.
4. **Aux traits de** : à l'influence de.
5. **Cette grâce** : que tu me tues.
6. **Amitié** : amour.

Ton malheureux amant aura bien moins de peine
À mourir par ta main qu'à vivre avec ta haine.

CHIMÈNE

Va, je ne te hais point.

DON RODRIGUE

Tu le dois.

CHIMÈNE

Je ne puis.

DON RODRIGUE

Crains-tu si peu le blâme, et si peu les faux bruits[1] ?
965 Quand on saura mon crime, et que ta flamme dure,
Que ne publieront point l'envie et l'imposture[2] !
Force-les au silence, et sans plus discourir,
Sauve ta renommée en me faisant mourir.

CHIMÈNE

Elle éclate bien mieux en te laissant[3] la vie ;
970 Et je veux que la voix de la plus noire envie
Élève au ciel[4] ma gloire et plaigne mes ennuis,
Sachant que je t'adore et que je te poursuis.
Va-t'en, ne montre plus à ma douleur extrême
Ce qu'il faut que je perde, encore que je l'aime.
975 Dans l'ombre de la nuit cache bien ton départ ;
Si l'on te voit sortir, mon honneur court hasard[5].
La seule occasion qu'aura la médisance[6],
C'est de savoir qu'ici j'ai souffert[7] ta présence :
Ne lui donne point lieu d'attaquer ma vertu.

DON RODRIGUE

980 Que je meure !

---

1. **Les faux bruits** : les calomnies.
2. **Que [...] l'imposture** : quels ne seront pas les commentaires des jaloux et des menteurs.
3. **En te laissant** : si je te laisse.
4. **Élève au ciel** : porte aux nues, célèbre.
5. **Court hasard** : court un danger.
6. **La seule occasion qu'aura la médisance** : la seule occasion qu'auront les diffamateurs.
7. **Souffert** : toléré.

REPÈRES

• Le public a-t-il déjà vu Rodrigue et Chimène en scène ? Dans quel état d'esprit les deux amoureux vont-ils se rencontrer ici ?

OBSERVATION

• Comment le style des premières répliques traduit-il la surprise de Chimène ? Analysez les procédés d'écriture caractéristiques.
• Précisez la valeur de l'adjectif possessif dans les vers 859 et 948 : quel sentiment traduit-il ?
• V. 869-904 : quels sont les temps dominants ? Que retrace Rodrigue et quelle explication donne-t-il à son geste ? Citez deux vers résumant sa position.
V. 905-932 : relevez les vers résumant la position de Chimène. Quelle symétrie apparaît entre son point de vue et celui de Rodrigue ?
• Précisez le sens de « générosité » (v. 930). À quelle règle Chimène et Rodrigue obéissent-ils ?
• Sur quelle figure de style est construit le vers 963 ? Quel sentiment exprime-t-il ? Mesurez son expressivité.
Quel changement introduit-il dans la tonalité du dialogue ?
• V. 980-997 : analysez la composition de cette dernière partie (rythme, constructions, vocabulaire). Que révèle-t-elle des sentiments de Rodrigue et de Chimène ?
Sur quelle note se séparent les deux amoureux ?

INTERPRÉTATIONS

• Montrez que cette scène présente un mélange savant de logique et de pathétique.
• Cette scène fait-elle avancer l'action ? Quelle est sa fonction dans la pièce ?

CHIMÈNE

Va-t'en.

DON RODRIGUE

À quoi te résous-tu ?

CHIMÈNE

Malgré des feux si beaux, qui troublent ma colère[1],
Je ferai mon possible à[2] bien venger mon père ;
Mais malgré la rigueur d'un si cruel devoir,
Mon unique souhait est de ne rien pouvoir.

DON RODRIGUE

985 Ô miracle d'amour !

CHIMÈNE

Ô comble de misères !

DON RODRIGUE

Que de maux et de pleurs nous coûteront nos pères !

CHIMÈNE

Rodrigue, qui l'eût cru ?

DON RODRIGUE

Chimène, qui l'eût dit ?

CHIMÈNE

Que notre heur[3] fût si proche et sitôt se perdît ?

DON RODRIGUE

Et que si près du port, contre toute apparence[4],
990 Un orage si prompt brisât notre espérance ?

CHIMÈNE

Ah ! mortelles douleurs !

DON RODRIGUE

Ah ! regrets superflus !

---

1. **Malgré [...] colère** : malgré mon amour ardent qui compromet ma soif de vengeance.
2. **À** : pour.
3. **Heur** : bonheur. Terme poétique.
4. **Apparence** : probabilité.

CHIMÈNE

Va-t'en, encore un coup[1], je ne t'écoute plus.

DON RODRIGUE

Adieu : je vais traîner une mourante vie,
Tant que[2] par ta poursuite elle me soit ravie.

CHIMÈNE

995 Si j'en obtiens l'effet, je t'engage ma foi[3]
De ne respirer pas un moment après toi.
Adieu : sors, et surtout garde bien qu'on te voie[4],

ELVIRE

Madame, quelques maux que le ciel nous envoie...

CHIMÈNE

Ne m'importune plus, laisse-moi soupirer,
1000 Je cherche le silence et la nuit pour pleurer.

SCÈNE 5. DON DIÈGUE.

La place publique.

Jamais nous ne goûtons de parfaite allégresse :
Nos plus heureux succès sont mêlés de tristesse ;
Toujours quelques soucis en ces événements
Troublent la pureté de nos contentements.
1005 Au milieu du bonheur mon âme en sent l'atteinte[5] :
Je nage dans la joie, et je tremble de crainte.
J'ai vu mort l'ennemi qui m'avait outragé,
Et je ne saurais voir[6] la main qui m'a vengé.

---

1. **Encore un coup** : encore une fois.
2. **Tant que** : en attendant que.
3. **Si [...] ma foi** : si j'obtiens ton châtiment, je te promets de.
4. **Garde bien qu'on te voie** : prends garde qu'on ne te voie pas.
5. **En sent l'atteinte** : l'atteinte des soucis qui troublent le bonheur.
6. **Et je ne saurais voir** : et je n'arrive pas à voir.

En vain je m'y travaille[1], et d'un soin inutile,
1010 Tout cassé que je suis, je cours toute la ville :
Ce peu[2] que mes vieux ans m'ont laissé de vigueur
Se consume sans fruit[3] à chercher ce vainqueur.
À toute heure, en tous lieux, dans une nuit si sombre,
Je pense l'embrasser, et n'embrasse qu'une ombre
1015 Et mon amour, déçu[4] par cet objet trompeur,
Se forme des soupçons[5] qui redoublent ma peur.
Je ne découvre point de marques de sa fuite ;
Je crains du Comte mort les amis et la suite ;
Leur nombre m'épouvante, et confond[6] ma raison.
1020 Rodrigue ne vit plus, ou respire en prison.
Justes cieux ! me trompé-je encore à l'apparence,
Ou si[7] je vois enfin mon unique espérance ?
C'est lui, n'en doutons plus ; mes vœux sont exaucés,
Ma crainte est dissipée, et mes ennuis cessés.

Scène 6. Don Diègue, Don Rodrigue.

Don Diègue
1025 Rodrigue, enfin le ciel permet que je te voie !

Don Rodrigue
Hélas !

Don Diègue
Ne mêle point de soupirs à ma joie ;
Laisse-moi prendre haleine afin de te louer.

---

1. **Je m'y travaille :** je m'y emploie.
2. **Ce peu :** ce peu de vigueur.
3. **Se consume sans fruit :** se dépense vainement.
4. **Déçu :** abusé, trompé.
5. **Se forme des soupçons :** imagine des catastrophes.
6. **Confond :** bouleverse.
7. **Si :** est-ce que.

Ma valeur n'a point lieu de te désavouer :
Tu l'as bien imitée, et ton illustre audace
1030 Fait bien revivre en toi les héros de ma race :
C'est d'eux que tu descends, c'est de moi que tu viens :
Ton premier coup d'épée égale tous les miens ;
Et d'une belle ardeur ta jeunesse animée
Par cette grande épreuve atteint¹ ma renommée.
1035 Appui de ma vieillesse, et comble de mon heur,
Touche ces cheveux blancs à qui tu rends l'honneur,
Viens baiser cette joue, et reconnais la place
Où fut empreint² l'affront que ton courage efface.

DON RODRIGUE

L'honneur vous en est dû : je ne pouvais pas moins,
1040 Étant sorti de vous et nourri par vos soins³ .
Je m'en tiens trop heureux⁴ , et mon âme est ravie
Que mon coup d'essai plaise à qui je dois la vie ;
Mais parmi vos plaisirs ne soyez point jaloux
Si je m'ose à mon tour satisfaire après vous⁵ .
1045 Souffrez qu'en liberté⁶ mon désespoir éclate ;
Assez et trop longtemps votre discours le flatte⁷ .
Je ne me repens point de vous avoir servi ;
Mais rendez-moi le bien⁸ que ce coup m'a ravi.
Mon bras, pour vous venger, armé contre ma flamme,
1050 Par ce coup glorieux m'a privé de mon âme⁹ ;
Ne me dites plus rien ; pour vous j'ai tout perdu :
Ce que je vous devais, je vous l'ai bien rendu.

1. **Atteint** : égale.
2. **Empreint** : inscrit.
3. **Sorti [...] soins** : né de vous et élevé par vos soins.
4. **Je m'en tiens trop heureux** : je suis très heureux de cette victoire.
5. **Si je m'ose [...] vous** : si j'ose, après vous, exprimer mes sentiments.
6. **En liberté** : librement.
7. **Le flatte** : le trompe.
8. **Le bien** : mon amour.
9. **De mon âme** : de ma bien-aimée.

Don Diègue

Porte, porte plus haut le fruit de ta victoire[1] :
Je t'ai donné la vie, et tu me rends ma gloire ;
1055 Et d'autant que l'honneur m'est plus cher que le jour,
D'autant plus maintenant je te dois de retour[2].
Mais d'un cœur magnanime éloigne ces faiblesses ;
Nous n'avons qu'un honneur, il est tant de maîtresses !
L'amour n'est qu'un plaisir, l'honneur est un devoir.

Don Rodrigue

1060 Ah ! que me dites-vous ?

Don Diègue

Ce que tu dois savoir.

Don Rodrigue

Mon honneur offensé sur moi-même[3] se venge.
Et vous m'osez pousser à la honte du change[4] !
L'infamie est pareille, et suit également[5]
Le guerrier sans courage et le perfide amant.
1065 À ma fidélité ne faites point d'injure ;
Souffrez-moi généreux sans me rendre parjure :
Mes liens sont trop forts pour être ainsi rompus ;
Ma foi m'engage encor si je n'espère plus ;
Et ne pouvant quitter ni posséder Chimène,
1070 Le trépas que je cherche est ma plus douce peine.

Don Diègue

Il n'est pas temps encor de chercher le trépas :
Ton prince et ton pays ont besoin de ton bras.
La flotte qu'on craignait, dans ce grand fleuve[6] entrée,
Croit surprendre la ville et piller la contrée.

---

1. **Porte [...] victoire :** revendique plus fort ta victoire.
2. **De retour :** en retour.
3. **Moi-même :** le mal que Rodrigue fait à Chimène, il se l'est fait à lui-même.
4. **Change :** inconstance, infidélité.
5. **Suit également :** poursuit de la même façon.
6. **Ce grand fleuve :** le Guadalquivir.

1075 Les Mores vont descendre, et le flux et la nuit
Dans une heure à nos murs les amènent sans bruit.
La cour est en désordre, et le peuple en alarmes :
On n'entend que des cris, on ne voit que des larmes
Dans ce malheur public mon bonheur a permis
1080 Que j'ai trouvé chez moi cinq cents de mes amis,
Qui sachant mon affront, poussés d'un même zèle,
Se venaient tous offrir à venger ma querelle.
Tu les as prévenus[1], mais leurs vaillantes mains
Se tremperont bien mieux au sang des Africains[2].
1085   Va marcher à leur tête où l'honneur te demande :
C'est toi que veut pour chef leur généreuse bande.
De ces vieux ennemis va soutenir l'abord[3] :
Là, si tu veux mourir, trouve une belle mort ;
Prends-en l'occasion, puisqu'elle t'est offerte ;
1090 Fais devoir à ton roi[4] son salut à ta perte ;
Mais reviens-en[5] plutôt les palmes sur le front.
Ne borne pas ta gloire à venger un affront ;
Porte-la plus avant[6] : force par ta vaillance
Ce monarque au pardon, et Chimène au silence ;
1095 Si tu l'aimes, apprends que revenir vainqueur,
C'est l'unique moyen de regagner son cœur.
Mais le temps est trop cher pour le perdre en paroles ;
Je t'arrête en discours, et je veux que tu voles.
Viens, suis-moi, va combattre et montrer à ton roi
1100 Que ce qu'il perd au Comte[7] il le recouvre en toi.

---

1. **Prévenus** : devancés.
2. **Au sang des Africains** : dans le sang des Mores.
3. **L'abord** : l'attaque.
4. **Fais devoir à ton roi** : fais que ton roi doive.
5. **Reviens-en** : reviens de la bataille.
6. **Porte-la plus avant** : porte ton ambition plus haut.
7. **Au Comte** : en la personne du comte.

Repères

- Montrez que, par sa longueur, sa place et son contenu, ce second monologue de don Diègue fait écho au premier.
- Où se trouve Rodrigue pendant ce monologue ?
- Dans quelle scène l'arrivée des Maures est-elle mentionnée ?

Observation

- En vous aidant des pronoms personnels et des adjectifs possessifs, isolez les vers d'introduction dans le monologue : quelle pensée expriment-ils ?
- V. 1025-1042 : relevez les expressions mentionnant la filiation entre don Diègue et Rodrigue. Que soulignent-elles ?
- Précisez la valeur de « mais » (v. 1043, 1048).
- « Ravi » (v. 1048), « privé » (v. 1050), « perdu » (v. 1051) : que met en évidence cette série de participes ?
- V. 1058-1059 : analysez la pensée de don Diègue. Par quels procédés (rythme, constructions, figures de style) est-elle mise en valeur ? Que suggère la construction exclamative dans le vers 1062 ? Relevez un vers résumant la position de Rodrigue.
- Citez un vers permettant de situer le moment de l'action. Qu'apporte cette information sur le plan dramatique ?
- Par quels verbes se signale l'autorité de don Diègue dans la dernière réplique ? Quel temps domine ? Que conseille don Diègue dans les vers 1093-1094 ? Montrez que leur rythme met l'idée en valeur.

Interprétations

- Quelle idée de l'amour se font les deux personnages ?
- Par quel procédé Corneille réactive-t-il l'intérêt du lecteur ? Dans quelle direction se réoriente l'action ?

Chimène et Rodrigue : le triomphe de la gloire

L'acte III est presque exclusivement consacré à Chimène et Rodrigue qui symbolisent deux variantes d'un même idéal à travers lequel se définit le héros cornélien.

Sur le plan des idées et de l'action, en effet, les deux jeunes gens se hissent au même niveau d'exception. Pour eux, l'amour, avant d'être un sentiment, est une éthique c'est-à-dire une morale personnelle. Il ne peut se vivre que dans l'honneur, dans le respect de soi et de l'autre. Sentiment élevé, il n'accepte pas les demi-mesures et va de pair avec l'admiration (scènes 3 et 4).

À cette valeur supérieure s'ajoute chez le héros cornélien le souci de sa gloire, c'est-à-dire la volonté de ne pas démériter à ses propres yeux. Étant son propre modèle, il fixe son code de conduite et, refusant le compromis, obéit aux règles qu'il s'est librement fixées. À cet égard, on remarquera que Rodrigue et Chimène ont un vocabulaire commun particulièrement révélateur : les termes « honneur, gloire, générosité, devoir, mérite, valeur, vertu » qui constituent la base de leur lexique les mettent au-dessus du commun des mortels.

On pourrait craindre que ces valeurs abstraites ne dessèchent les deux personnages. Il n'en est rien car l'amour qui les fait si forts les rend également vulnérables. Sommet pathétique de la pièce, la scène 4 montre que Chimène et Rodrigue sont ouverts aux émotions.

Le sommet dramatique de la pièce

L'acte III constitue le sommet dramatique de la pièce. Plaque tournante à partir de laquelle se concentrent les éléments dramatiques précédemment distribués (l'affront, le duel, la nécessaire vengeance de Chimène), il relance l'action. En effet, l'attaque du royaume par les Maures, annoncée dans la scène 6, constitue un motif dramatique de première importance qui va donner une nouvelle impulsion à la pièce. Sur un plan technique, cette péripétie est habile : elle permet à Corneille de sortir ses personnages de l'impasse car elle donne à Rodrigue une chance de reconquérir Chimène par l'admiration et de montrer au roi son dévouement absolu à l'État. À partir de ces données, il est vraisemblable que l'acte IV sera un acte de reconquête.

ACTE IV

SCÈNE PREMIÈRE. CHIMÈNE, ELVIRE.

Chez Chimène.

CHIMÈNE
N'est-ce point un faux fruit ? le sais-tu bien, Elvire ?

ELVIRE
Vous ne croiriez jamais comme chacun l'admire,
Et porte jusqu'au ciel, d'une commune voix,
De ce jeune héros les glorieux exploits.
1105 Les Mores devant lui n'ont paru qu'à leur honte[1] ;
Leur abord fut bien prompt, leur fuite encor plus
[prompte.
Trois heures de combat laissent à nos guerriers
Une victoire entière et deux rois prisonniers.
La valeur de leur chef ne trouvait point d'obstacles.

CHIMÈNE
1110 Et la main de Rodrigue a fait tous ces miracles ?

ELVIRE
De ses nobles efforts ces deux rois sont le prix :
Sa main les a vaincus, et sa main les a pris.

CHIMÈNE
De qui peux-tu savoir ces nouvelles étranges ?

ELVIRE
Du peuple, qui partout fait sonner ses louanges,
1115 Le nomme de sa joie et l'objet et l'auteur,
Son ange tutélaire[2], et son libérateur.

---

1. **N'ont paru qu'à leur honte** : se sont couverts de honte.
2. **Tutélaire** : protecteur.

CHIMÈNE
Et le Roi, de quel œil voit-il tant de vaillance ?

ELVIRE
Rodrigue n'ose encor paraître en sa présence ;
Mais don Diègue ravi lui présente enchaînés,
1120 Au nom de ce vainqueur, ces captifs couronnés[1],
Et demande pour grâce à ce généreux prince
Qu'il daigne voir la main qui sauve la province[2].

CHIMÈNE
Mais n'est-il point blessé ?

ELVIRE
                Je n'en ai rien appris.
Vous changez de couleur ! reprenez vos esprits.

CHIMÈNE
1125 Reprenons donc aussi ma colère affaiblie :
Pour avoir soin de lui faut-il que je m'oublie[3] ?
On le vante, on le loue, et mon cœur y consent !
Mon honneur est muet, mon devoir impuissant !
Silence, mon amour, laisse agir ma colère :
1130 S'il a vaincu deux rois, il a tué mon père ;
Ces tristes vêtements, où je lis mon malheur,
Sont les premiers effets qu'ait produits sa valeur[4] ;
Et quoi qu'on die[5] ailleurs d'un cœur si magnanime,
Ici tous les objets me parlent de son crime.
1135 Vous qui rendez la force à mes ressentiments,
Voile, crêpes, habits, lugubres ornements,
Pompe[6] que me prescrit sa première victoire,

---

1. **Ces captifs couronnés** : les rois mores que Rodrigue a faits prisonniers.
2. **La province** : le royaume.
3. **Pour avoir [...] m'oublie ?** : dois-je oublier mon devoir parce qu'il m'est cher ?
4. **Sont les premiers [...] valeur** : c'est à sa vaillance que je dois, avant tout, d'avoir perdu mon père.
5. **Die** : dise. Forme ancienne du subjonctif de « dire ».
6. **Voile [...] pompe** : deuil de Chimène pour son père et décoration funèbre de sa maison.

REPÈRES

• Situez le lieu et le moment de cette scène. Combien de temps la sépare de la scène précédente ?

OBSERVATION

• Relevez dans la première réplique d'Elvire des indications chiffrées : que soulignent-elles ?
Quels sentiments la gouvernante laisse-t-elle paraître ? Relevez quelques termes de vocabulaire particulièrement révélateurs.
• Relevez les interventions de Chimène jusqu'à la tirade finale (v. 1125). Analysez leur construction grammaticale.
Quels sentiments successifs cette construction traduit-elle ?
• Comment s'opère l'enchaînement des vers 1124-1125 ? Que signale cette transition dans la structure de la scène ?
• « Reprenons » (v. 1125), « laisse » (v. 1129), « parlez », « attaquez » (v. 1140-1141) : analysez ces formes verbales (personne, temps et mode). À qui s'adresse successivement Chimène ? Sur quel ton ?
Que montrent ces variations dans l'emploi des verbes ?
• Relevez les termes faisant allusion au deuil de Chimène. À quels termes s'opposent-ils dans les vers 1101-1124 ? Que met en valeur cette opposition ?

INTERPRÉTATIONS

• Quel est le rôle d'Elvire dans cette scène ? En quoi son intervention est-elle essentielle à la progression de l'action ? Mesurez son influence possible sur la suite des événements.
• Quelle image de Rodrigue se dégage du récit d'Elvire ?

Contre ma passion soutenez[1] bien ma gloire ;
Et lorsque mon amour prendra trop de pouvoir,
1140 Parlez à mon esprit de mon triste devoir,
Attaquez sans rien craindre une main triomphante.

ELVIRE
Modérez ces transports, voici venir l'Infante.

SCÈNE 2. L'INFANTE, CHIMÈNE, LÉONOR, ELVIRE.

L'INFANTE
Je ne viens pas ici consoler tes douleurs ;
Je viens plutôt mêler mes soupirs à tes pleurs.

CHIMÈNE
1145 Prenez bien plutôt part à la commune joie,
Et goûtez le bonheur que le ciel vous envoie,
Madame : autre[2] que moi n'a droit de soupirer.
Le péril dont Rodrigue a su nous retirer,
Et le salut public que vous rendent ses armes,
1150 À moi seule aujourd'hui souffrent encor les larmes :
Il a sauvé la ville, il a servi son roi ;
Et son bras valeureux n'est funeste qu'à moi.

L'INFANTE
Ma Chimène, il est vrai qu'il a fait des merveilles[3].

CHIMÈNE
Déjà ce bruit fâcheux a frappé mes oreilles ;
1155 Et je l'entends partout publier hautement[4]
Aussi brave guerrier que malheureux amant.

---

1. **Soutenez :** fortifiez.
2. **Autre :** aucune autre.
3. **Merveilles :** miracles.
4. **Publier hautement :** qu'on le proclame.

L'INFANTE

Qu'a de fâcheux pour toi ce discours populaire[1] ?
Ce jeune Mars[2] qu'il loue a su jadis te plaire :
Il possédait ton âme, il vivait sous tes lois ;
1160 Et vanter sa valeur, c'est honorer[3] ton choix.

CHIMÈNE

Chacun peut la vanter avec quelque justice[4] ;
Mais pour moi sa louange est un nouveau supplice.
On aigrit ma douleur en l'élevant si haut[5] :
Je vois ce que je perds quand je vois ce qu'il vaut.
1165 Ah ! cruels déplaisirs à l'esprit d'une amante !
Plus j'apprends son mérite, et plus mon feu s'augmente :
Cependant mon devoir est toujours le plus fort,
Et, malgré mon amour, va poursuivre[6] sa mort.

L'INFANTE

Hier ce devoir[7] te mit en une haute estime ;
1170 L'effort que tu te fis[8] parut si magnanime,
Si digne d'un grand cœur, que chacun à la cour
Admirait ton courage et plaignait ton amour.
Mais croirais-tu l'avis d'une amitié fidèle ?

CHIMÈNE

Ne vous obéir pas me rendrait criminelle.

L'INFANTE

1175 Ce qui fut juste alors ne l'est plus aujourd'hui.
Rodrigue maintenant est notre unique appui,
L'espérance et l'amour d'un peuple qui l'adore,
Le soutien de Castille, et la terreur du More.

---

1. **Populaire** : tenu par le peuple.
2. **Mars** : dieu de la Guerre chez les Romains.
3. **Honorer** : faire honneur à.
4. **Avec quelque justice** : avec quelque raison.
5. **On [...] haut** : ma douleur augmente quand je vois Rodrigue élevé si haut.
6. **Poursuivre** : chercher à obtenir.
7. **Hier ce devoir** : le souci de ton devoir (allusion à la scène 8, acte II).
8. **Que tu te fis** : que tu fis sur toi-même.

Le Roi même est d'accord de[1] cette vérité,
1180 Que ton père en lui seul se voit ressuscité ;
Et si tu veux enfin qu'en deux mots je m'explique,
Tu poursuis en sa mort la ruine publique[2].
Quoi ! pour venger un père est-il jamais permis
De livrer sa patrie aux mains des ennemis ?
1185 Contre nous ta poursuite est-elle légitime[3],
Et pour être punis avons-nous part au crime[4] ?
Ce n'est pas qu'après tout tu doives épouser[5]
Celui qu'un père mort t'obligeait d'accuser :
Je te voudrais moi-même en arracher l'envie ;
1190 Ôte-lui ton amour, mais laisse-nous sa vie.

CHIMÈNE

Ah ! ce n'est pas à moi d'avoir tant de bonté ;
Le devoir qui m'aigrit n'a rien de limité[6].
Quoique pour ce vainqueur mon amour s'intéresse,
Quoiqu'un peuple l'adore et qu'un roi le caresse[7],
1195 Qu'il soit environné des plus vaillants guerriers,
J'irai sous mes cyprès[8] accabler ses lauriers.

L'INFANTE

C'est générosité quand pour venger un père
Notre devoir attaque une tête si chère ;
Mais c'en est une encor d'un plus illustre rang,
1200 Quand on donne au public les intérêts du sang[9].

---

1. **De** : sur.
2. **Tu poursuis [...] publique** : c'est la ruine de l'État que tu recherches en voulant sa mort.
3. **Contre [...] légitime** : est-il juste que tu recherches notre propre mort ?
4. **Et pour [...] crime ?** : sommes-nous responsables pour que tu veuilles nous punir ?
5. **Ce [...] épouser** : tu n'es pas forcée d'épouser.
6. **N'a rien de limité** : ne connaît pas de limites.
7. **Le caresse** : le flatte.
8. **Cyprès** : arbre ornant souvent les cimetières.
9. **Quand [...] du sang** : quand on sacrifie son propre intérêt à l'intérêt public.

Non, crois-moi, c'est assez que d'éteindre ta flamme ;
Il sera trop puni s'il n'est plus dans ton âme.
Que le bien du pays t'impose cette loi :
Aussi bien[1], que crois-tu que t'accorde le Roi ?

CHIMÈNE

1205 Il peut me refuser[2], mais je ne puis me taire.

L'INFANTE

Pense bien, ma Chimène, à ce que tu veux faire.
Adieu : tu pourras seule y penser à loisir.

CHIMÈNE

Après mon père mort[3], je n'ai point à choisir.

SCÈNE 3. DON FERNAND, DON DIÈGUE, DON ARIAS, DON RODRIGUE, DON SANCHE.

Chez le Roi.

DON FERNAND

Généreux héritier d'une illustre famille,
1210 Qui fut toujours la gloire et l'appui de Castille,
Race de tant d'aïeux en valeur signalés[4],
Que l'essai de la tienne a sitôt égalés[5],
Pour te récompenser ma force est trop petite ;
Et j'ai moins de pouvoir que tu n'as de mérite.
1215 Le pays délivré d'un si rude ennemi,
Mon sceptre[6] dans ma main par la tienne affermi,

---

1. **Aussi bien** : de toute façon.
2. **Il peut me refuser** : il peut refuser le châtiment de Rodrigue.
3. **Après mon père mort** : après la mort de mon père.
4. **Race [...] signalés** : descendant de tant d'aïeux célèbres pour leur bravoure.
5. **Que l'essai [...] égalés** : bravoure que tu as égalée dès le premier essai.
6. **Sceptre** : symbole du pouvoir royal.

REPÈRES

• Quels personnages sont réunis dans cette scène ? Que remarquez-vous ?
• Quel thème lie cette scène à la scène 5 de l'acte II ?
• Montrez que cette scène s'inscrit en écho de la scène précédente. Quel effet produit ce procédé ?

OBSERVATION

• Les trois premières répliques de Chimène : quelle distinction souligne le pronom personnel « moi » ?
• V. 1175-1190 : relevez le vocabulaire politique. Quelle orientation donne-t-il à la discussion ?
Citez un adjectif possessif et un pronom personnel par lesquels l'infante s'associe à la voix du peuple. Que met en valeur cette insistance ?
• Analysez les procédés d'écriture du vers 1190.
Quel conseil l'infante donne-t-elle à Chimène ? À quel intérêt obéit elle ?
• V. 1197-1204 : résumez les arguments avancés.
Par quel procédé l'infante atténue-t-elle la virulence de son argumentation ? Au nom de qui parle-t-elle ?
• Sur quelle note se termine la scène ? Relevez dans les deux dernières répliques de Chimène deux phrases négatives : que confirment-elles ?

INTERPRÉTATIONS

• Analysez la situation du royaume. Qui est l'artisan des changements ? Évaluez leur influence sur la destinée de Rodrigue.
• Quels sont les aspects du discours argumentatif dans cette scène ? Que cherche à obtenir l'infante ?
• Sur quoi repose le suspense à la fin de cette scène ?

Et les Mores défaits avant qu'en ces alarmes
J'eusse pu donner ordre à[1] repousser leurs armes,
Ne sont point des exploits qui laissent à ton roi
1220 Le moyen ni l'espoir de s'acquitter vers[2] toi.
Mais deux rois tes captifs feront ta récompense.
Ils t'ont nommé tous deux leur Cid[3] en ma présence :
Puisque Cid en leur langue est autant que seigneur,
Je ne t'envierai[4] pas ce beau titre d'honneur.
1225 Sois désormais le Cid : qu'à ce grand nom tout cède ;
Qu'il comble d'épouvante et Grenade et Tolède,
Et qu'il marque à tous ceux qui vivent sous mes lois
Et ce que tu me vaux, et ce que je te dois.

DON RODRIGUE
Que Votre Majesté, Sire, épargne ma honte[5].
1230 D'un si faible service elle fait trop de conte[6],
Et me force à rougir devant un si grand roi
De mériter si peu l'honneur que j'en reçoi.
Je sais trop que je dois au bien de votre empire,
Et le sang qui m'anime, et l'air que je respire ;
1235 Et quand je les perdrai pour un si digne objet[7],
Je ferai seulement le devoir d'un sujet.

DON FERNAND
Tous ceux que ce devoir à mon service engage
Ne s'en acquittent pas avec même courage ;
Et lorsque la valeur ne va point dans l'excès[8],
1240 Elle ne produit point de si rares succès.

---

1. **Ordre à** : l'ordre de.
2. **Vers** : envers.
3. **Cid** : seigneur, chef de tribu.
4. **Je ne t'envierai** : je ne te refuserai pas.
5. **Ma honte** : ma modestie.
6. **Elle fait trop de conte** : elle accorde trop d'importance.
7. **Un si digne objet** : une raison aussi importante.
8. **Ne va point dans l'excès** : n'est pas si grande.

*Jean-Louis Barrault (don Fernand)
au théâtre du Rond-Point, 1985.*

Souffre donc qu'on te loue[1], et de cette victoire
Apprends-moi plus au long[2] la véritable histoire.

DON RODRIGUE

Sire, vous avez su qu'en ce danger pressant,
Qui jeta dans la ville un effroi si puissant,
1245 Une troupe d'amis chez mon père assemblée
Sollicita[3] mon âme encor toute troublée...
Mais, Sire, pardonnez à ma témérité,
Si j'osai l'employer sans votre autorité[4] :
Le péril approchait ; leur brigade[5] était prête ;
1250 Me montrant à la cour, je hasardais ma tête[6] ;
Et s'il fallait la perdre, il m'était bien plus doux
De sortir de la vie en combattant pour vous.

DON FERNAND

J'excuse ta chaleur[7] à venger ton offense ;
Et l'État défendu me parle en ta défense :
1255 Crois que dorénavant Chimène a beau parler,
Je ne l'écoute plus que pour la consoler.
Mais poursuis.

DON RODRIGUE

Sous moi[8] donc cette troupe s'avance,
Et porte sur le front une mâle assurance.
Nous partîmes cinq cents ; mais par un prompt renfort
1260 Nous nous vîmes trois mille en arrivant au port.
Tant, à nous voir[9] marcher avec un tel visage,
Les plus épouvantés reprenaient de courage !

---

1. **Souffre donc qu'on te loue** : accepte donc que l'on te complimente.
2. **Plus au long** : en détail.
3. **Sollicita** : stimula, poussa à agir.
4. **Sans votre autorité** : sans votre permission.
5. **Brigade** : troupe.
6. **Me montrant à la cour, je hasardais ma tête** : en me montrant à la cour, je risquais ma tête.
7. **J'excuse ta chaleur** : je pardonne ta réaction impulsive.
8. **Sous moi** : sous mon commandement.
9. **À nous voir** : lorsqu'ils nous voyaient.

J'en cache les deux tiers, aussitôt qu'arrivés,
Dans le fond des vaisseaux qui lors furent trouvés[1] ;
1265 Le reste, dont le nombre augmentait à toute heure,
Brûlant d'impatience autour de moi demeure,
Se couche contre terre et, sans faire aucun bruit,
Passe une bonne part d'une si belle nuit[2].
Par mon commandement la garde en fait de même,
1270 Et se tenant cachée, aide à mon stratagème ;
Et je feins hardiment d'avoir reçu de vous
L'ordre qu'on me voit suivre et que je donne à tous.
    Cette obscure clarté qui tombe des étoiles
Enfin avec le flux nous fait voir trente voiles[3] ;
1275 L'onde s'enfle dessous, et d'un commun effort
Les Mores et la mer montent jusques au port.
On les laisse passer ; tout leur paraît tranquille :
Point de soldats au port, point aux murs de la ville.
Notre profond silence abusant[4] leurs esprits,
1280 Ils n'osent plus douter[5] de nous avoir surpris ;
Ils abordent sans peur, ils ancrent[6], ils descendent,
Et courent se livrer aux mains qui les attendent.
Nous nous levons alors, et tous en même temps
Poussons jusques au ciel mille cris éclatants.
1285 Les nôtres, à ces cris, de nos vaisseaux répondent ;
Ils paraissent armés[7], les Mores se confondent[8],
L'épouvante les prend à demi descendus[9] ;
Avant que de combattre, ils s'estiment perdus.

---

1. **Qui lors furent trouvés** : que nous trouvâmes alors.
2. **Passe [...] nuit** : laisse passer une grande partie de cette si belle nuit.
3. **Le flux [...] voiles** : sur la mer apparaissent trente vaisseaux.
4. **Abusant** : trompant.
5. **Ils n'osent plus douter** : ils sont sûrs.
6. **Ils ancrent** : ils jettent l'ancre des bateaux à l'eau.
7. **Ils paraissent armés** : ils apparaissent, en armes.
8. **Se confondent** : les Mores réagissent dans le plus grand désordre.
9. **À demi descendus** : alors qu'ils quittent à peine les bateaux.

Ils couraient au pillage, et rencontrent la guerre ;
1290 Nous les pressons[1] sur l'eau, nous les pressons sur terre,
Et nous faisons courir des ruisseaux de leur sang,
Avant qu'aucun résiste ou reprenne son rang.
Mais bientôt, malgré nous, leurs princes les rallient ;
Leur courage renaît, et leurs terreurs s'oublient[2] :
1295 La honte de mourir sans avoir combattu
Arrête leur désordre, et leur rend leur vertu.
Contre nous de pied ferme ils tirent leurs alfanges[3] ;
De notre sang au leur font d'horribles mélanges.
Et la terre, et le fleuve, et leur flotte, et le port,
1300 Sont des champs de carnage, où triomphe la mort.
Ô combien d'actions, combien d'exploits célèbres[4]
Sont demeurés sans gloire au milieu des ténèbres,
Où chacun, seul témoin des grands coups qu'il donnait,
Ne pouvait discerner où le sort inclinait[5] !
1305 J'allais de tous côtés encourager les nôtres,
Faire avancer les uns, et soutenir les autres,
Ranger ceux qui venaient, les pousser à leur tour,
Et ne l'ai pu savoir[6] jusques au point du jour.
Mais enfin sa clarté[7] montre notre avantage :
1310 Le More voit sa perte et perd soudain courage ;
Et voyant un renfort qui nous vient secourir,
L'ardeur de vaincre cède à la peur de mourir.
Ils gagnent leurs vaisseaux, ils en coupent les câbles,
Poussent jusques aux cieux des cris épouvantables,
1315 Font retraite en tumulte, et sans considérer[8]
Si leurs rois avec eux peuvent se retirer.

---

1. **Pressons** : harcelons.
2. **Et leurs terreurs s'oublient** : ils oublient leurs terreurs.
3. **Alfanges** : sabres courts appelés plutôt cimeterres.
4. **Célèbres** : éclatants.
5. **Où le sort inclinait** : qui était vainqueur.
6. **Et ne l'ai pu savoir** : et je n'ai pu savoir qui était vainqueur (où le sort inclinait).
7. **Sa clarté** : la clarté du jour.
8. **Considérer** : prêter attention à, vérifier.

Pour souffrir ce devoir[1] leur frayeur est trop forte :
Le flux les apporta ; le reflux les remporte,
Cependant que leurs rois, engagés parmi nous[2],
1320 Et quelque peu des leurs, tous percés de nos coups,
Disputent vaillamment et vendent bien leur vie.
À se rendre moi-même en vain je les convie .
Le cimeterre au poing, ils ne m'écoutent pas ;
Mais voyant à leurs pieds tomber tous leurs soldats,
1325 Et que[3] seuls désormais en vain ils se défendent,
Ils demandent le chef : je me nomme, ils se rendent.
Je vous les envoyai tous deux en même temps ;
Et le combat cessa faute de combattants.
C'est de cette façon que, pour votre service...

SCÈNE 4. DON FERNAND, DON DIÈGUE, DON RODRIGUE, DON ARIAS, DON ALONSE, DON SANCHE.

DON ALONSE
1330 Sire, Chimène vient vous demander justice.

DON FERNAND
La fâcheuse nouvelle, et l'importun[4] devoir !
Va, je ne la veux pas obliger à te voir.

---

1. **Pour souffrir ce devoir** : pour qu'ils songent à faire leur devoir.
2. **Engagés parmi nous** : luttant contre nous.
3. **Et que** : et voyant que.
4. **Importun** : fâcheux, désagréable.

REPÈRES

• Qui détient la parole dans cette scène ? Que font les autres personnages ?

OBSERVATION

• Quelle tonalité domine dans la première réplique du roi ? Relevez les vers les plus significatifs.
Que signifie le nom « Cid » attribué à Rodrigue (v. 1222) ? Quelle dimension donne-t-il à Rodrigue ?
Relevez les termes de modestie dans la réponse de Rodrigue. Que font-ils apparaître ?
• Par quel changement dans les temps verbaux se signale le début du récit de Rodrigue ?
Étudiez l'emploi du présent dans les vers 1257-1329 ? Sur quelles actions met-il l'accent ? Quelle est sa valeur ?
• Relevez les indices qui structurent le récit de la bataille. Combien de parties distinguez-vous ? Énumérez les principales péripéties dans chaque partie.
• Relevez les indices du style épique (hyperboles, antithèses…) et du style poétique (images, allitérations…). Quel effet produit ce mélange ?
• Étudiez le rythme des vers 1281, 1290, 1299, 1325. Quel rythme général donnent-ils au récit ?
Analysez le rythme du vers 1328. Montrez qu'il produit un effet de fermeture annonçant la fin du récit.
• V. 1329 : relevez un mot clé. Que rappelle-t-il ?
Que signalent les points de suspension ? Analysez leur valeur dramatique.

INTERPRÉTATIONS

• Définissez les nouveaux rapports du roi et de Rodrigue. Dans quel sens peuvent-ils influencer l'avenir ?
• Appréciez l'intérêt du récit de Rodrigue dans cette scène.

Pour tous remerciements, il faut que je te chasse ;
Mais avant que[1] sortir, viens, que ton roi t'embrasse.
   (Don Rodrigue rentre.)

DON DIÈGUE

1335 Chimène le poursuit, et voudrait le sauver.

DON FERNAND

On m'a dit qu'elle l'aime, et je vais l'éprouver[2].
Montrez un œil plus triste[3].

SCÈNE 5. DON FERNAND, DON DIÈGUE, DON ARIAS, DON SANCHE, DON ALONSE, CHIMÈNE, ELVIRE.

DON FERNAND
                    Enfin, soyez contente,
Chimène, le succès répond à votre attente :
Si de nos ennemis Rodrigue a le dessus,
1340 Il est mort à nos yeux[4] des coups qu'il a reçus ;
Rendez grâces au ciel qui vous en a vengée.
   (À don Diègue.)
Voyez comme déjà sa couleur est changée.

DON DIÈGUE

Mais voyez qu'elle pâme[5], et d'un amour parfait,
Dans cette pâmoison, Sire, admirez l'effet[6].
1345 Sa douleur a trahi les secrets de son âme,
Et ne vous permet plus de douter de sa flamme.

CHIMÈNE

Quoi ! Rodrigue est donc mort ?

---

1. **Avant que** : avant de.
2. **L'éprouver** : la mettre à l'épreuve.
3. **Montrez un œil plus triste** : ayez l'air plus triste.
4. **À nos yeux** : sous nos yeux.
5. **Pâme** : s'évanouit. **Pâmoison** : évanouissement.
6. **L'effet** : la preuve.

DON FERNAND

Non, non, il voit
[le jour[1],
Et te conserve encore un immuable amour :
Calme cette douleur qui pour lui s'intéresse[2].

CHIMÈNE

1350 Sire, on pâme de joie, ainsi que de tristesse :
Un excès de plaisir nous rend tous languissants[3] ;
Et quand il surprend l'âme, il accable les sens[4].

DON FERNAND

Tu veux qu'en ta faveur[5] nous croyions l'impossible ?
Chimène, ta douleur a paru trop visible.

CHIMÈNE

1355 Eh bien ! Sire, ajoutez ce comble à mon malheur,
Nommez ma pâmoison l'effet de ma douleur :
Un juste déplaisir[6] à ce point m'a réduite.
Son trépas dérobait sa tête à ma poursuite ;
S'il meurt des coups reçus pour le bien du pays,
1360 Ma vengeance est perdue et mes desseins trahis[7] :
Une si belle fin m'est trop injurieuse[8].
Je demande sa mort, mais non pas glorieuse,
Non pas dans un éclat qui l'élève si haut,
Non pas au lit d'honneur, mais sur un échafaud ;
1365 Qu'il meure pour mon père[9], et non pour la patrie ;
Que son nom soit taché, sa mémoire flétrie.
Mourir pour le pays n'est pas un triste sort ;
C'est s'immortaliser par une belle mort.

---

1. **Il voit le jour** : il est vivant.
2. **S'intéresse** : s'éveille.
3. **Languissants** : faibles, sans forces.
4. **Il accable les sens** : il affecte le corps.
5. **En ta faveur** : pour te complaire.
6. **Un juste déplaisir** : une douleur légitime.
7. **Trahis** : impossibles.
8. **Injurieuse** : injuste.
9. **Pour mon père** : pour avoir tué mon père.

J'aime donc sa victoire, et je le puis sans crime ;
1370 Elle assure l'État¹ et me rend ma victime,
Mais noble, mais fameuse entre tous les guerriers,
Le chef, au lieu de fleurs², couronné de lauriers ;
Et pour dire en un mot ce que j'en considère³,
Digne d'être immolée aux mânes⁴ de mon père...
1375 Hélas ! à quel espoir me laissé-je emporter !
Rodrigue de ma part n'a rien à redouter :
Que pourraient contre lui des larmes qu'on méprise ?
Pour lui tout votre empire est un lieu de franchise⁵.
Là, sous votre pouvoir, tout lui devient permis ;
1380 Il triomphe de moi comme des ennemis.
Dans leur sang répandu la justice étouffée
Au crime du vainqueur sert d'un⁶ nouveau trophée :
Nous en croissons la pompe⁷, et le mépris des lois
Nous fait suivre son char au milieu de deux rois⁸.

DON FERNAND

1385 Ma fille, ces transports ont trop de violence.
Quand on rend la justice, on met tout en balance.
On a tué ton père, il était l'agresseur ;
Et la même équité⁹ m'ordonne la douceur.
Avant que d'accuser ce que j'en fais paraître¹⁰,
1390 Consulte bien ton cœur : Rodrigue en est le maître,
Et ta flamme en secret rend grâces à ton roi,
Dont la faveur conserve un tel amant pour toi.

---

1. **Elle assure l'État** : elle met en sécurité l'État.
2. **Fleurs** : fleurs mortuaires.
3. **Ce que j'en considère** : ce que j'en pense.
4. **Mânes** : âme d'un mort.
5. **Un lieu de franchise** : un endroit où il ne risque rien.
6. **D'un** : de.
7. **Nous en croissons la pompe** : nous accroissons son triomphe.
8. **Nous [...] rois** : coutume antique selon laquelle les captifs suivaient le char du général victorieux. Les deux rois ont été faits prisonniers par Rodrigue.
9. **La même équité** : la justice même.
10. **Ce que j'en fais paraître** : ma douceur, ma clémence.

CHIMÈNE

Pour moi ! mon ennemi ! l'objet de ma colère !
L'auteur de mes malheurs ! l'assassin de mon père !
1395 De ma juste poursuite on fait si peu de cas
Qu'on me croit obliger en ne m'écoutant pas !
        Puisque vous refusez la justice à mes larmes,
Sire, permettez-moi de recourir aux armes ;
C'est par là seulement qu'il a su m'outrager,
1400 Et c'est aussi par là que je me dois venger.
        À tous vos cavaliers je demande sa tête :
Oui, qu'un d'eux me l'apporte, et je suis sa conquête ;
Qu'ils le combattent, Sire ; et le combat fini,
J'épouse le vainqueur, si Rodrigue est puni.
1405 Sous votre autorité souffrez qu'on le publie.

DON FERNAND

Cette vieille coutume en ces lieux établie,
Sous couleur[1] de punir un injuste attentat,
Des meilleurs combattants affaiblit un État ;
Souvent de cet abus le succès déplorable
1410 Opprime l'innocent, et soutient le coupable.
J'en dispense Rodrigue : il m'est trop précieux
Pour l'exposer[2] aux coups d'un sort capricieux ;
Et quoi qu'ait pu commettre un cœur si magnanime,
Les Mores en fuyant ont emporté son crime.

DON DIÈGUE

1415 Quoi ! Sire, pour lui seul vous renversez des lois
Qu'a vu toute la cour observer tant de fois !
Que croira votre peuple et que dira l'envie[3],
Si sous votre défense il ménage[4] sa vie,
Et s'en fait un prétexte à ne paraître pas
1420 Où tous les gens d'honneur cherchent un beau trépas ?

---

1. **Sous couleur :** sous prétexte.
2. **Pour l'exposer :** pour que je l'expose.
3. **Que dira l'envie :** que diront les jaloux.
4. **Il ménage :** il protège.

De pareilles faveurs terniraient trop sa gloire :
Qu'il goûte sans rougir les fruits de sa victoire.
Le Comte eut de l'audace : il l'en a su punir :
Il l'a fait en brave homme, et le doit maintenir[1].

DON FERNAND

1425 Puisque vous le voulez, j'accorde qu'il le fasse ;
Mais d'un guerrier vaincu mille prendraient la place,
Et le prix que Chimène au vainqueur a promis
De tous mes cavaliers ferait ses ennemis[2].
L'opposer seul à tous serait trop d'injustice :
1430 Il suffit qu'une fois il entre dans la lice[3].
    Choisis qui tu voudras, Chimène, et choisis bien ;
Mais après ce combat ne demande plus rien.

DON DIÈGUE

N'excusez point par là ceux que son bras étonne :
Laissez un champ ouvert où n'entrera personne.
1435 Après ce que Rodrigue a fait voir aujourd'hui,
Quel courage assez vain s'oserait prendre à lui ?
Qui se hasarderait contre un tel adversaire ?
Qui serait ce vaillant, ou bien ce téméraire ?

DON SANCHE

Faites ouvrir le champ : vous voyez l'assaillant ;
1440 Je suis ce téméraire, ou plutôt ce vaillant.
    Accordez cette grâce à l'ardeur qui me presse,
Madame : vous savez quelle est votre promesse.

DON FERNAND

Chimène, remets-tu ta querelle en sa main ?

CHIMÈNE

Sire, je l'ai promis.

DON FERNAND

Soyez prêt à demain.

---

1. Il [...] maintenir : il l'a fait en homme courageux, il doit défendre sa position.
2. Et le prix [...] ennemis : Chimène s'étant promise au vainqueur, tous les gentilshommes de la cour sont prêts à affronter Rodrigue.
3. La lice : l'arène du combat.

Don Diègue

1445 Non, Sire, il ne faut pas différer davantage :
On est toujours trop prêt quand on a du courage.

Don Fernand

Sortir d'une bataille, et combattre à l'instant !

Don Diègue

Rodrigue a pris haleine en vous la racontant.

Don Fernand

Du moins une heure ou deux je veux qu'il se délasse.
1450 Mais de peur qu'en exemple un tel combat ne passe[1],
Pour témoigner à tous qu'à regret je permets
Un sanglant procédé[2] qui ne me plut jamais,
De moi ni de ma cour il n'aura la présence.
(Il parle à don Arias.)
Vous seul des combattants jugerez la vaillance :
1455 Ayez soin que tous deux fassent[3] en gens de cœur,
Et, le combat fini, m'amenez le vainqueur.
Qui qu'il soit, même prix est acquis à sa peine[4] :
Je le veux de ma main présenter à Chimène,
Et que pour récompense il reçoive sa foi[5].

Chimène

1460 Quoi ! Sire, m'imposer une si dure loi !

Don Fernand

Tu t'en plains ; mais ton feu, loin d'avouer[6] ta plainte,
Si Rodrigue est vainqueur, l'accepte sans contrainte.
Cesse de murmurer contre un arrêt si doux :
Qui que ce soit des deux, j'en ferai ton époux.

---

1. **Qu'en exemple [...] passe** : qu'un tel combat ne devienne un exemple.
2. **Un sanglant procédé** : le duel.
3. **Fassent** : agissent.
4. **Même prix [...] peine** : son courage recevra la même récompense.
5. **Sa foi** : sa promesse de l'épouser.
6. **D'avouer** : d'approuver.

Repères

• Comparez les personnages présents dans cette scène 5 et dans la scène 8 de l'acte II. Que remarquez-vous ? Par quel thème commun ces deux scènes sont-elles liées ?

Observation

• Selon quel point de vue Corneille présente-t-il la réaction de Chimène quand elle apprend la mort de Rodrigue ? Aidez-vous du verbe « voir ». Expliquez l'intérêt de cette technique.
• V. 1355-1384 : relevez l'expression du refus dans les vers 1362-1365. Sur quelle idée insiste-t-elle ? Par quels champs lexicaux opposés cette idée est-elle mise en valeur ?
Relevez une interjection. Quel tournant signale-t-elle dans l'argumentation de Chimène ?
• Étudiez l'expression de la colère dans les vers 1393-1396 : par quels procédés ce sentiment est-il mis en valeur ?
• Comparez les vers 1401 et 1429 : par quel terme le roi souligne-t-il la démesure de Chimène ?
Repérez les vers exprimant l'opinion du roi sur le duel. Par quels termes dépréciatifs traduit-il son opposition ?
Comment le roi déforme-t-il la requête de Chimène ?
• Quelle contradiction observez-vous entre les vers 1403-1404 et 1460. Sous quelle forme s'exprime-t-elle ? Expliquez la protestation de Chimène.
• V. 1440-1464 : par quels moyens Corneille signale-t-il que l'unité de temps est respectée ?
À quelle heure environ devrait avoir lieu le duel (voir p. 167) ?

Interprétations

• Que négocie Chimène ? Dans quel piège est-elle prise ?
• Par quels signes s'annonce le dénouement ?

La naissance du Cid

L'acte IV est tout entier à la gloire de Rodrigue. Toutes les scènes à l'exception de la scène IV, qui assure un rôle de liaison, chantent les louanges du vainqueur et répandent un air de fête dans la pièce. En effet, le combat contre les Maures évoqué dans la scène 3 a de multiples effets.

– Sur un plan privé, il signifie un accomplissement personnel de Rodrigue. Durant ce combat, le jeune homme qui a pu mettre à l'épreuve son intelligence, son courage, sa technique guerrière, son dévouement au roi a gagné ses galons de héros.

– Sur un plan juridique, sa victoire sur les Maures lui assure l'impunité. En effet, que pèse la mort du comte au regard d'un exploit qui sauve le royaume de l'invasion ennemie et assoit le pouvoir du roi sur la Castille ?

– D'un point de vue pratique, cette victoire garantit à Rodrigue un avenir glorieux aux plus hauts sommets de l'État. Elle fait même de lui un époux possible pour l'infante.

Pourtant, ce succès pour Rodrigue garde un goût amer. En effet, si l'on se replace dans la perspective du combat, le jeune homme n'a atteint qu'un seul des deux objectifs fixés par don Diègue :

« Force par ta vaillance
Ce monarque au pardon, et Chimène au silence ;
Si tu l'aimes, apprends que revenir vainqueur,
C'est l'unique moyen de regagner son cœur. » (acte III, scène 6, v. 1093-1096.)

Bien que Rodrigue fasse désormais l'unanimité autour de lui, il n'a pas réussi à entamer la volonté de Chimène :

« Plus j'apprends son mérite, et plus mon feu s'augmente :
Cependant mon devoir est toujours le plus fort,
Et, malgré mon amour, va poursuivre sa mort. » (v. 1166-1169.)

Ainsi, le bonheur qui entoure la victoire de Rodrigue s'assombrit du désespoir de Chimène et souligne par opposition l'isolement pathétique de la jeune fille.

Narration et dialogue

Sur un plan littéraire et artistique, le récit du combat contre les Maures (v. 1257-1329) permet à Corneille un des plus beaux morceaux de bravoure de la littérature française : récit épique animé d'un mouvement qui soulève l'enthousiasme, il inscrit bien la pièce dans la tradition de la tragi-comédie, friande d'aventures et d'exploits guerriers. Toutefois, la tragi-comédie mettait volontiers en scène les combats. Prenant désormais le relais de l'action, la narration s'intègre dans le dialogue pour donner à voir par les mots. C'est le triomphe d'une des règles fondamentales de la tragédie classique : la bienséance. Interdisant toute violence sur scène, elle obligera les auteurs dramatiques à créer à la suite de Corneille des récits de bataille qui, intégrés dans le dialogue, constitueront un genre narratif à part.

Acte v

Scène première. Don Rodrigue, Chimène.

Chez Chimène.

CHIMÈNE

1465 Quoi ! Rodrigue, en plein jour ! d'où te vient
[cette audace ?
Va, tu me perds d'honneur[1] ; retire-toi, de grâce.

DON RODRIGUE

Je vais mourir, Madame, et vous viens en ce lieu,
Avant le coup mortel, dire un dernier adieu :
Cet immuable amour qui sous vos lois m'engage
1470 N'ose accepter ma mort sans vous en faire hommage[2].

CHIMÈNE

Tu vas mourir !

DON RODRIGUE

Je cours à ces heureux moments
Qui vont livrer ma vie à vos ressentiments.

CHIMÈNE

Tu vas mourir ! Don Sanche est-il si redoutable
Qu'il donne l'épouvante à ce cœur indomptable ?
1475 Qui t'a rendu si faible, ou qui le rend si fort ?
Rodrigue va combattre, et se croit déjà mort !
Celui qui n'a pas craint les Mores, ni mon père,
Va combattre don Sanche, et déjà désespère[3] !
Ainsi donc au besoin[4] ton courage s'abat !

---

1. **Tu me perds d'honneur** : tu me déshonores.
2. **Hommage** : au sens féodal, offrande du chevalier à sa dame.
3. **Désespère** : doute de vaincre.
4. **Au besoin** : quand tu en as le plus besoin.

DON RODRIGUE

1480 Je cours à mon supplice, et non pas au combat ;
Et ma fidèle ardeur[1] sait bien m'ôter l'envie,
Quand vous cherchez ma mort, de défendre ma vie.
    J'ai toujours même cœur ; mais je n'ai point de bras
Quand il faut conserver ce qui ne vous plaît pas ;
1485 Et déjà cette nuit m'aurait été mortelle
Si j'eusse combattu pour ma seule querelle ;
Mais défendant mon roi, son peuple et mon pays,
À me défendre mal[2] je les aurais trahis.
Mon esprit généreux ne hait pas tant la vie
1490 Qu'il en veuille sortir par une perfidie[3].
Maintenant qu'il s'agit de mon seul intérêt,
Vous demandez ma mort, j'en accepte l'arrêt.
Votre ressentiment choisit la main d'un autre
(Je ne méritais pas de mourir de la vôtre) :
1495 On ne me verra point en repousser les coups ;
Je dois plus de respect à qui combat pour vous ;
Et ravi de penser que c'est de vous qu'ils viennent,
Puisque c'est votre honneur que ses armes soutiennent,
Je vais lui présenter mon estomac[4] ouvert,
1500 Adorant de sa main la vôtre qui me perd.

CHIMÈNE

Si d'un triste devoir la juste violence,
Qui me fait malgré moi poursuivre ta vaillance,
Prescrit à ton amour une si forte loi
Qu'il te rend sans défense à qui combat pour moi,
1505 En cet aveuglement ne perds pas la mémoire[5]

---

1. **Ma fidèle ardeur** : mon amour constant.
2. **À me défendre mal** : en me défendant mal.
3. **Perfidie** : trahison, déloyauté.
4. **Estomac** : au XVIIe siècle, « estomac » est le mot noble pour désigner la poitrine.
5. **Ne perds pas la mémoire** : n'oublie pas.

Qu'ainsi que de ta vie il y va de ta gloire,
Et que dans quelque éclat que Rodrigue ait vécu[1],
Quand on le saura mort, on le croira vaincu.
　　Ton honneur t'est plus cher que je ne te suis chère,
1510 Puisqu'il trempe tes mains dans le sang de mon père,
Et te fait renoncer, malgré ta passion,
À l'espoir le plus doux de ma possession[2] :
Je t'en vois cependant faire si peu de conte,
Que sans rendre combat tu veux qu'on te surmonte[3].
1515 Quelle inégalité ravale ta vertu[4] ?
Pourquoi ne l'as-tu plus, ou pourquoi l'avais-tu ?
Quoi ? n'es-tu généreux que pour me faire outrage ?
S'il ne faut m'offenser, n'as-tu point de courage ?
Et traites-tu mon père avec tant de rigueur,
1520 Qu'après l'avoir vaincu, tu souffres un vainqueur ?
Va, sans vouloir mourir, laisse-moi te poursuivre,
Et défends ton honneur, si tu ne veux plus vivre.

DON RODRIGUE

Après la mort du Comte, et les Mores défaits
Faudrait-il à ma gloire encor d'autres effets[5] ?
1525 Elle peut dédaigner le soin de me défendre :
On sait que mon courage ose tout entreprendre,
Que ma valeur peut tout, et que dessous[6] les cieux,
Auprès de[7] mon honneur, rien ne m'est précieux.
Non, non, en ce combat, quoi que vous veuilliez[8] croire,
1530 Rodrigue peut mourir sans hasarder[9] sa gloire,

---

1. **Dans [...] vécu** : quelque glorieuse qu'ait été la vie de Rodrigue.
2. **À l'espoir [...] possession** : à l'espoir qui t'était le plus doux, celui de me posséder.
3. **Sans [...] surmonte** : sans te défendre, tu veux qu'on l'emporte sur toi.
4. **Quelle [...] vertu ?** : quel caprice affaiblit ton courage ?
5. **Faudrait-il [...] effets ?** : faudrait-il que j'aie encore à prouver mon mérite ?
6. **Dessous** : sous.
7. **Auprès de** : en comparaison de.
8. **Veuilliez** : ancienne forme du subjonctif présent. On dirait aujourd'hui « vouliez ».
9. **Hasarder** : mettre en péril.

Sans qu'on l'ose accuser d'avoir manqué de cœur,
Sans passer pour vaincu, sans souffrir un vainqueur.
On dira seulement : « Il adorait Chimène ;
Il n'a pas voulu vivre et mériter sa haine ;
1535 Il a cédé lui-même à la rigueur du sort
Qui forçait sa maîtresse à poursuivre sa mort :
Elle voulait sa tête ; et son cœur magnanime,
S'il l'en eût refusée[1], eût pensé faire un crime.
Pour venger son honneur il perdit son amour,
1540 Pour venger sa maîtresse[2] il a quitté le jour,
Préférant, quelque espoir qu'eût son âme asservie[3],
Son honneur à Chimène, et Chimène à sa vie. »
Ainsi donc vous verrez ma mort en ce combat,
Loin d'obscurcir ma gloire, en rehausser l'éclat ;
1545 Et cet honneur suivra mon trépas volontaire,
Que[4] tout autre que moi n'eût pu vous satisfaire.

CHIMÈNE

Puisque pour t'empêcher de courir au trépas,
Ta vie et ton honneur sont de faibles appas,
Si jamais je t'aimai, cher Rodrigue, en revanche[5],
1550 Défends-toi maintenant pour m'ôter à don Sanche ;
Combats pour m'affranchir d'une condition
Qui me donne à l'objet de mon aversion[6].
Te dirai-je encor plus ? va, songe à ta défense,
Pour forcer mon devoir, pour m'imposer silence ;
1555 Et si tu sens pour moi ton cœur encore épris,
Sors vainqueur d'un combat dont Chimène est le prix.
Adieu : ce mot lâché me fait rougir de honte.

---

1. **S'il l'en eût refusée** : s'il la lui avait refusée.
2. **Pour venger sa maîtresse** : pour que sa bien-aimée ait sa vengeance.
3. **Asservie** : esclave de son amour (vocabulaire galant).
4. **Que** : à savoir que.
5. **Si [...] en revanche** : puisque je t'ai aimé, en retour.
6. **L'objet de mon aversion** : don Sanche.

DON RODRIGUE, *seul.*
Est-il quelque ennemi qu'à présent je ne dompte ?
Paraissez, Navarrais, Mores et Castillans,
1560 Et tout ce que l'Espagne a nourri de vaillants ;
Unissez-vous ensemble, et faites une armée,
Pour combattre une main de la sorte animée :
Joignez tous vos efforts contre un espoir si doux ;
Pour en venir à bout, c'est trop peu que de vous.

SCÈNE 2. L'INFANTE.

Chez l'Infante.

1565 T'écouterai-je encor, respect de ma naissance,
Qui fais un crime de mes feux ?
T'écouterai-je, amour, dont la douce puissance
Contre ce fier tyran fait révolter mes vœux[1] ?
Pauvre princesse, auquel des deux[2]
1570 Dois-tu prêter obéissance ?
Rodrigue, ta valeur te rend digne de moi ;
Mais pour être[3] vaillant, tu n'es pas fils de roi.

Impitoyable sort, dont la rigueur sépare
Ma gloire d'avec mes désirs !
1575 Est-il dit que le choix d'une vertu si rare
Coûte à ma passion de si grands déplaisirs ?
Ô cieux ! à combien de soupirs

---

1. **Révolter mes vœux :** résister ma volonté.
2. **Auquel des deux :** au respect de la naissance ou à l'amour.
3. **Pour être :** bien que tu sois.

Repères

• Quand Rodrigue a-t-il quitté la scène ? Sur quelle note est-il parti ? Où le retrouvons-nous maintenant ?
• Situez le précédent dialogue Rodrigue-Chimène. Quel était alors le thème de leur rencontre ?

Observation

• Chimène tutoie Rodrigue tandis que Rodrigue vouvoie Chimène : que marque cette distinction ?
• V. 1473-1479 : quelle tonalité apportent les interrogations et les exclamations ? Quels sentiments fait-elle apparaître ?
• V. 1480-1500 : comparez les mots « supplice » et « combat » puis relevez ceux qui font référence à ces termes. Quelle distinction font-ils ressortir ?
• Relevez un terme clé dans les vers 1501-1522. Que rappelle Chimène ? Quelle réaction veut-elle provoquer ?
• En vous aidant des pronoms et des temps verbaux, dites selon quel point de vue se place le jeune homme dans les vers 1533-1542. Que cherche-t-il à démontrer ?
Quels procédés (construction, rythme, vocabulaire) donnent une tonalité poétique aux vers 1539-1540 ?
• V. 1547-1557 : relevez les constructions impératives. Quel argument mettent-elles en évidence ?
• En quoi le court monologue de Rodrigue (v. 1558-1564) s'oppose-t-il à l'ensemble de la scène ? Relevez et interprétez les hyperboles.

Interprétations

• Expliquez la conduite de Chimène qui fut vivement condamnée par les rédacteurs des *Sentiments de l'Académie française sur « Le Cid »* (1637).
• Comment cette scène change-t-elle l'orientation de l'action ?

Faut-il que mon cœur se prépare,
Si jamais il n'obtient sur[1] un si long tourment
1580 Ni d'éteindre l'amour, ni d'accepter l'amant !

Mais c'est trop de scrupule, et ma raison s'étonne,
Du mépris d'un si digne choix[2] :
Bien qu'aux monarques seuls ma naissance me donne,
Rodrigue, avec honneur je vivrai sous tes lois.
1585 Après avoir vaincu deux rois,
Pourrais-tu manquer de couronne ?
Et ce grand nom de Cid que tu viens de gagner
Ne fait-il pas trop voir sur qui tu dois régner ?

Il est digne de moi, mais il est à Chimène ;
1590 Le don que j'en ai fait me nuit.
Entre eux la mort d'un père a si peu mis de haine,
Que le devoir du sang[3] à regret le poursuit :
Ainsi n'espérons aucun fruit
De son crime, ni de ma peine,
1595 Puisque pour me punir le destin a permis
Que l'amour dure même entre deux ennemis.

SCÈNE 3. L'INFANTE, LÉONOR.

L'INFANTE
Où viens-tu, Léonor ?

LÉONOR
Vous applaudir, Madame,
Sur le repos qu'enfin a retrouvé votre âme.

L'INFANTE
D'où viendrait ce repos dans un comble d'ennui ?

---

1. **Sur** : en l'emportant sur.
2. **Du mépris [...] choix** : de me voir mépriser un si digne choix.
3. **Le devoir du sang** : le devoir de Chimène de venger son père.

LÉONOR

1600 Si l'amour vit d'espoir, et s'il meurt avec lui,
Rodrigue ne peut plus charmer votre courage.
Vous savez le combat où Chimène l'engage :
Puisqu'il faut qu'il y meure, ou qu'il soit son mari,
Votre espérance est morte, et votre esprit guéri.

L'INFANTE

1605 Ah ! qu'il s'en faut encor ![1]

LÉONOR

Que pouvez vous prétendre ?

L'INFANTE

Mais plutôt quel espoir me pourrais-tu défendre ?
Si Rodrigue combat sous ces conditions,
Pour en rompre l'effet, j'ai trop d'inventions[2].
L'amour, ce doux auteur de mes cruels supplices,
1610 Aux esprits des amants apprend trop d'artifices.

LÉONOR

Pourrez-vous quelque chose, après qu'un père mort
N'a pu dans leurs esprits allumer de discord[3] ?
Car Chimène aisément montre par sa conduite
Que la haine aujourd'hui ne fait pas sa poursuite[4].
1615 Elle obtient un combat, et pour son combattant[5]
C'est le premier offert[6] qu'elle accepte à l'instant[7] :
Elle n'a point recours à ces mains généreuses
Que tant d'exploits fameux rendent si glorieuses ;
Don Sanche lui suffit, et mérite son choix,
1620 Parce qu'il va s'armer pour la première fois.

---

1. **Qu'il s'en faut encor !** : je n'en suis pas encore là !
2. **Pour [...] inventions** : pour changer les conséquences de ce combat, j'ai de nombreuses idées.
3. **Allumer de discord** : éveiller la discorde.
4. **Ne fait pas sa poursuite** : n'est pour rien dans son désir de vengeance.
5. **Pour son combattant** : comme combattant.
6. **Le premier offert** : le premier qui s'offre.
7. **À l'instant** : sur-le-champ.

Elle aime en ce duel son peu d'expérience ;
Comme il est sans renom, elle est sans défiance[1] ;
Et sa facilité[2] vous doit bien faire voir
Qu'elle cherche un combat qui force son devoir,
1625 Qui livre à son Rodrigue une victoire aisée,
Et l'autorise enfin à paraître apaisée.

L'INFANTE

Je le remarque assez, et toutefois mon cœur
À l'envi[3] de Chimène adore ce vainqueur.
À quoi me résoudrai-je, amante infortunée ?

LÉONOR

1630 À vous mieux souvenir de qui vous êtes née :
Le ciel vous doit un roi, vous aimez un sujet !

L'INFANTE

Mon inclination a bien changé d'objet.
Je n'aime plus Rodrigue, un simple gentilhomme ;
Non, ce n'est plus ainsi que mon amour le nomme :
1635 Si j'aime, c'est l'auteur de tant de beaux exploits,
C'est le valeureux Cid, le maître de deux rois.

Je me vaincrai pourtant, non de peur d'aucun blâme[4],
Mais pour ne troubler pas une si belle flamme ;
Et quand pour m'obliger on l'aurait couronné[5],
1640 Je ne veux point reprendre un bien que j'ai donné.
Puisqu'en un tel combat sa victoire est certaine,
Allons encore un coup[6] le donner à Chimène.
Et toi, qui vois les traits[7] dont mon cœur est percé,
Viens me voir achever comme j'ai commencé.

---

1. **Elle est sans défiance** : elle n'a pas peur pour Rodrigue.
2. **Sa facilité** : la rapidité de son choix.
3. **À l'envi** : à l'exemple.
4. **Non de peur d'aucun blâme** : non que je craigne un blâme.
5. **Et [...] couronné** : et même si, pour me faire plaisir, on l'avait couronné.
6. **Encore un coup** : encore une fois.
7. **Traits** : blessures d'amour (vocabulaire galant).

REPÈRES

• Repérez les autres monologues de la pièce : qui mettent-ils en scène et quelles sont leurs fonctions respectives ?
• Quelle autre scène de la pièce présente une suite de stances ? Quels sentiments Rodrigue y exprime-t-il ?
• À quand remonte le dernier tête-à-tête entre l'infante et sa gouvernante ? Sur quoi portait leur conversation ?

OBSERVATION

• Analysez la forme lyrique du monologue (scène 2) : nombre de strophes, longueur, types de vers, système de rimes. À quel genre littéraire cette forme apparente-t-elle la scène 2 ?
Relevez le vocabulaire amoureux : quelle tonalité donne-t-il au monologue ?
• Relevez tous les pronoms personnels et tous les adjectifs possessifs de la 2ᵉ personne dans les trois premières stances. À qui s'adresse successivement la princesse ? Que met en valeur cette technique du dialogue dans le monologue ?
• Repérez les connecteurs à valeur d'opposition : quelle progression signalent-ils dans la réflexion de la jeune fille ?
Quelle conclusion annonce le connecteur « ainsi » (v. 593) ?
• Relevez les indices de l'argumentation dans les répliques de Léonor : résumez ses arguments.
V 1537-1538 : quelle décision la princesse prend-elle ? Relevez les termes logiques articulant son explication. Quelle idée mettent-ils en valeur ?

INTERPRÉTATIONS

• Quel est l'intérêt de la scène 2 sur le plan dramatique et psychologique ? Le rôle de l'infante prend-il fin ?
• Analysez le rôle de la gouvernante dans la scène 3.

SCÈNE 4. CHIMÈNE, ELVIRE.

Chez Chimène.

CHIMÈNE

1645 Elvire, que je souffre, et que je suis à plaindre !
Je ne sais qu'espérer, et je vois tout à craindre ;
Aucun vœu ne m'échappe où[1] j'ose consentir ;
Je ne souhaite rien sans un prompt repentir.
À deux rivaux pour moi je fais prendre les armes :
1650 Le plus heureux succès[2] me coûtera des larmes ;
Et quoi qu'en ma faveur en ordonne le sort,
Mon père est sans vengeance, ou mon amant est mort.

ELVIRE

D'un et d'autre côté je vous vois soulagée :
Ou vous avez Rodrigue, ou vous êtes vengée ;
1655 Et quoi que le destin puisse ordonner de vous,
Il soutient votre gloire[3], et vous donne un époux.

CHIMÈNE

Quoi ! l'objet de ma haine ou de tant de colère !
L'assassin de Rodrigue ou celui de mon père !
De tous les deux côtés on me donne un mari
1660 Encor tout teint du sang que j'ai le plus chéri ;
De tous les deux côtés mon âme se rebelle :
Je crains plus que la mort la fin de ma querelle.
Allez, vengeance, amour, qui troublez mes esprits[4],
Vous n'avez point pour moi de douceurs à ce prix ;
1665 Et toi, puissant moteur du destin[5] qui m'outrage,
Termine ce combat sans aucun avantage[6],
Sans faire aucun des deux ni vaincu ni vainqueur.

---

1. **Où** : auquel.
2. **Succès** : issue.
3. **Il soutient votre gloire** : il vous permet d'être sans reproche.
4. **Mes esprits** : ma raison.
5. **Puissant moteur du destin** : Dieu, qu'on évite de nommer sur scène.
6. **Sans aucun avantage** : sans qu'aucun des deux prenne avantage sur l'autre.

ELVIRE

Ce serait vous traiter avec trop de rigueur.

Ce combat pour votre âme est un nouveau supplice,

1670 S'il vous laisse obligée à demander justice,

À témoigner toujours ce haut ressentiment[1],

Et poursuivre toujours la mort de votre amant.

Madame, il vaut bien mieux que sa rare vaillance,

Lui couronnant le front, vous impose silence ;

1675 Que la loi du combat étouffe vos soupirs,

Et que le Roi vous force à suivre vos désirs.

CHIMÈNE

Quand il sera vainqueur, crois-tu que je me rende ?

Mon devoir est trop fort, et ma perte[2] trop grande,

Et ce n'est pas assez, pour leur faire la loi,

1680 Que celle du combat et le vouloir du Roi[3].

Il peut vaincre don Sanche avec fort peu de peine,

Mais non pas avec lui la gloire de Chimène ;

Et quoi qu'à sa victoire un monarque ait promis,

Mon honneur lui fera mille autres ennemis.

ELVIRE

1685 Gardez[4], pour vous punir de cet orgueil étrange,

Que le ciel à la fin ne souffre qu'on vous venge.

Quoi ! vous voulez encor refuser le bonheur

De pouvoir maintenant vous taire avec honneur ?

Que prétend ce devoir, et qu'est-ce qu'il espère ?

1690 La mort de votre amant vous rendra-t-elle un père ?

Est-ce trop peu pour vous que d'un coup de malheur[5] ?

Faut-il perte sur perte, et douleur sur douleur ?

Allez, dans le caprice[6] où votre humeur s'obstine,

Vous ne méritez pas l'amant qu'on vous destine ;

---

1. **À témoigner [...] ressentiment** : à exprimer sans cesse ce puissant désespoir.
2. **Ma perte** : la mort du comte.
3. **Et ce n'est pas assez [...] roi** : ni le combat ni la volonté du roi ne me feront oublier mon devoir et mon malheur.
4. **Gardez** : prenez garde.
5. **Que d'un coup de malheur** : qu'un seul coup du malheur.
6. **Caprice** : déraison.

1695 Et nous verrons du ciel l'équitable courroux
Vous laisser, par sa mort, don Sanche pour époux.

CHIMÈNE
Elvire, c'est assez des peines que j'endure,
Ne les redouble point de ce funeste augure[1].
Je veux, si je le puis, les éviter tous deux ;
1700 Sinon en ce combat Rodrigue a tous mes vœux ;
Non qu'une folle ardeur de son côté me penche[2] ;
Mais s'il était vaincu, je serais à don Sanche :
Cette appréhension fait naître mon souhait.
Que vois-je, malheureuse ? Elvire, c'en est fait.

Scène 5. Don Sanche, Chimène, Elvire.

DON SANCHE
1705 Obligé d'apporter à vos pieds cette épée...

CHIMÈNE
Quoi ! du sang de Rodrigue encor toute trempée ?
Perfide, oses-tu bien te montrer à mes yeux,
Après m'avoir ôté ce que j'aimais le mieux ?
Éclate, mon amour, tu n'as plus rien à craindre :
1710 Mon père est satisfait, cesse de te contraindre.
Un même coup a mis ma gloire en sûreté,
Mon âme au désespoir, ma flamme en liberté.

DON SANCHE
D'un esprit plus rassis[3]...

CHIMÈNE
Tu me parles encore,
Exécrable assassin d'un héros que j'adore ?
1715 Va, tu l'as pris en traître ; un guerrier si vaillant
N'eût jamais succombé sous un tel assaillant.

---

1. **Ce funeste augure** : cette sombre prédiction, ce qui annonce le malheur.
2. **Me penche** : me fasse pencher.
3. **Plus rassis** : calme.

REPÈRES

• Dans quelle scène est apparue Chimène pour la dernière fois ? Rappelez sa situation personnelle.
• Quel événement majeur se déroule pendant cette scène ?

OBSERVATION

• V. 1645-1667 : relevez les indices de langue mettant en valeur le débat intérieur de Chimène (antithèses, constructions symétriques, reprises). Le dilemme de Chimène entre l'amour et le devoir a-t-il évolué ? Que montre le souhait formulé dans les vers 1666-1667 ?
• « Impose », « force » (v. 1674, 1676) : d'après ces termes quelle solution recommande Elvire ?
Relevez les vers dans lesquels Chimène se montre déterminée à lutter contre la volonté du roi lui-même. Quel trait de caractère se confirme ici ?
• V. 1685-1696 : relevez les questions rhétoriques. Quels arguments soutiennent-elles ? Quels sentiments traduisent-elles chez la gouvernante ?
Relevez un futur : qu'annonce-t-il ?
• À quel mot de la réplique d'Elvire se rattache l'expression « funeste augure » (v. 1698) ? Que confirme-t-elle ?
• Analysez le vocabulaire et la construction du dernier vers. Évaluez sa puissance dramatique.

INTERPRÉTATIONS

• En quoi la morale d'Elvire s'oppose-t-elle à la morale héroïque de Chimène ?
• Évaluez l'intérêt dramatique de cette scène. Quel événement proche du dénouement annonce-t-elle ?

N'espère rien de moi, tu ne m'as point servie :
En croyant me venger, tu m'as ôté la vie.

DON SANCHE
Étrange impression[1], qui, loin de m'écouter...

CHIMÈNE
1720 Veux-tu que de sa mort je t'écoute vanter,
Que j'entende à loisir avec quelle insolence
Tu peindras son malheur, mon crime et ta vaillance ?

SCÈNE 6. DON FERNAND, DON DIÈGUE, DON ARIAS, DON SANCHE, DON ALONSE, CHIMÈNE, ELVIRE.

Chez le Roi.

CHIMÈNE
Sire, il n'est plus besoin de vous dissimuler
Ce que tous mes efforts ne vous ont pu celer[2].
1725 J'aimais, vous l'avez su ; mais pour venger mon père,
J'ai bien voulu proscrire[3] une tête si chère :
Votre Majesté, Sire, elle-même a pu voir
Comme j'ai fait céder mon amour au devoir.
Enfin Rodrigue est mort, et sa mort m'a changée
1730 D'implacable ennemie en amante affligée.
J'ai dû cette vengeance à qui m'a mise au jour,
Et je dois maintenant ces pleurs à mon amour.
Don Sanche m'a perdue en prenant ma défense,
Et du bras qui me perd je suis la récompense !
1735 Sire, si la pitié peut émouvoir un roi,
De grâce, révoquez une si dure loi ;

1. **Impression :** impulsion, réaction.
2. **Celer :** cacher.
3. **Proscrire :** mettre à prix, risquer.

Pour prix d'une victoire où je perds ce que j'aime,
Je lui laisse mon bien ; qu'il me laisse à moi-même ;
Qu'en un cloître sacré je pleure incessamment[1],
1740 Jusqu'au dernier soupir, mon père et mon amant.

DON DIÈGUE

Enfin elle aime, Sire, et ne croit plus un crime
D'avouer par sa bouche un amour légitime.

DON FERNAND

Chimène, sors d'erreur, ton amant n'est pas mort,
Et don Sanche vaincu t'a fait un faux rapport.

DON SANCHE

1745 Sire, un peu trop d'ardeur malgré moi l'a déçue[2].
Je venais du combat lui raconter l'issue.
Ce généreux guerrier, dont son cœur est charmé :
« Ne crains rien, m'a-t-il dit, quand il m'a désarmé ;
Je laisserais plutôt la victoire incertaine,
1750 Que de répandre un sang hasardé[3] pour Chimène ;
Mais puisque mon devoir m'appelle auprès du Roi,
Va de notre combat l'[4] entretenir pour moi,
De la part du vainqueur lui porter ton épée. »
Sire, j'y suis venu : cet objet l'a trompée ;
1755 Elle m'a cru vainqueur, me voyant de retour,
Et soudain sa colère a trahi son amour
Avec tant de transport et tant d'impatience,
Que je n'ai pu gagner un moment d'audience[5].
    Pour moi, bien que vaincu, je me répute heureux[6] ;
1760 Et malgré l'intérêt de mon cœur amoureux,
Perdant infiniment, j'aime encor ma défaite,
Qui fait le beau succès d'une amour[7] si parfaite.

---

1. **Incessamment** : sans cesse.
2. **Un peu [...] déçue** : mon emportement l'a trompée.
3. **Hasardé** : risqué.
4. **L'** : Chimène.
5. **D'audience** : d'attention.
6. **Je me répute heureux** : je m'estime heureux.
7. **Amour** : masculin ou féminin au XVIIᵉ siècle.

DON FERNAND

Ma fille, il ne faut point rougir d'un si beau feu,
Ni chercher les moyens d'en faire un désaveu[1].
1765 Une louable honte en vain t'en sollicite :
Ta gloire est dégagée, et ton devoir est quitte ;
Ton père est satisfait, et c'était le venger
Que mettre tant de fois ton Rodrigue en danger.
Tu vois comme le ciel autrement en dispose.
1770 Ayant tant fait pour lui[2], fais pour toi quelque chose,
Et ne sois point rebelle à mon commandement,
Qui te donne un époux aimé si chèrement.

SCÈNE 7. DON FERNAND, DON DIÈGUE, DON ARIAS, DON RODRIGUE, DON ALONSE, DON SANCHE, L'INFANTE, CHIMÈNE, LÉONOR, ELVIRE.

L'INFANTE

Sèche tes pleurs, Chimène, et reçois sans tristesse
Ce généreux vainqueur des mains de ta princesse.

DON RODRIGUE

1775 Ne vous offensez point, Sire, si devant vous
Un respect amoureux me jette à ses genoux.
Je ne viens point ici demander ma conquête :
Je viens tout de nouveau[3] vous apporter ma tête,
Madame ; mon amour n'emploiera point pour moi
1780 Ni la loi du combat, ni le vouloir[4] du Roi.
Si tout ce qui s'est fait est trop peu pour un père,
Dites par quels moyens il vous faut satisfaire.

---

1. **D'en faire un désaveu :** de le désavouer, de le nier.
2. **Pour lui :** pour ton père.
3. **Tout de nouveau :** à nouveau.
4. **Le vouloir :** la volonté.

Faut-il combattre encor mille et mille rivaux,
Aux deux bouts de la terre étendre mes travaux[1],
1785 Forcer moi seul un camp, mettre en fuite une armée,
Des héros fabuleux passer[2] la renommée ?
Si mon crime par là se peut enfin laver,
J'ose tout entreprendre, et puis tout achever ;
Mais si ce fier honneur, toujours inexorable,
1790 Ne se peut apaiser sans la mort du coupable,
N'armez plus contre moi le pouvoir des humains :
Ma tête est à vos pieds, vengez vous par vos mains,
Vos mains seules ont droit de vaincre un invincible ;
Prenez une vengeance à tout autre impossible.
1795 Mais du moins que ma mort suffise à me punir :
Ne me bannissez point de votre souvenir ;
Et puisque mon trépas conserve votre gloire,
Pour vous en revancher conservez ma mémoire[3],
Et dites quelquefois, en déplorant mon sort :
1800 « S'il ne m'avait aimée, il ne serait pas mort. »

CHIMÈNE

Relève-toi, Rodrigue. Il faut l'avouer, Sire,
Je vous en ai trop dit pour m'en pouvoir dédire.
Rodrigue a des vertus que je ne puis haïr.
Et quand un roi commande, on lui doit obéir.
1805 Mais à quoi que déjà vous m'ayez condamnée[4],
Pourrez-vous à vos yeux souffrir cet hyménée ?
Et quand de mon devoir vous voulez cet effort,
Toute votre justice en[5] est-elle d'accord ?
Si Rodrigue à l'État devient si nécessaire,
1810 De ce qu'il fait pour vous dois-je être le salaire,
Et me livrer moi-même au reproche éternel
D'avoir trempé mes mains dans le sang paternel ?

---

1. **Travaux** : combats héroïques.
2. **Des héros fabuleux passer** : de la mythologie surpasser.
3. **Pour [...] mémoire** : en compensation de ma mort, souvenez-vous de moi.
4. **Mais [...] condamnée** : quoi que vous ayez déjà décidé à mon sujet.
5. **En** : sur cela.

REPÈRES

• Dans quelle scène don Sanche est-il intervenu pour la dernière fois ? Dans quel rôle ?
• Par quel artifice la scène 5 s'enchaîne-t-elle parfaitement à la scène 4 ?
• Dans quelle scène Chimène a-t-elle déjà cru Rodrigue mort ? Quelle a été sa réaction alors ?

OBSERVATION

• Analysez le mécanisme du quiproquo (scène 5).
Que suggèrent les termes dont Chimène accable don Sanche ?
Que signalent les points de suspension ? En quoi nourrissent-ils le quiproquo ?
Relevez les périphrases désignant Rodrigue : que s'autorise Chimène ? Sous l'effet de quelle émotion ?
Relevez les termes à valeur négative, le vocabulaire de la privation : que mettent-ils en évidence ?
• V. 1723-1740 : relevez le champ lexical de l'amour. Que confesse publiquement Chimène ?
• « Pitié » (v. 1735), « de grâce » (v. 1736) : quelle requête ces termes appuient-ils ?
• Relevez dans la tirade de don Sanche (v. 1745-1762) et la réplique du roi (v. 1763-1772) les expressions caractérisant l'amour de Chimène et de Rodrigue : que font-elles ressortir ?
• V. 1763-1772 : relevez les indices de l'argumentation. Que démontre le roi à Chimène ? Où veut-il la conduire ?
• Interprétez le silence de Chimène à partir du vers 1740.

INTERPRÉTATIONS

• Caractérisez la conduite de don Sanche dans la scène 6. Que met en valeur son renoncement ?
• En quoi l'action approche-t-elle de son dénouement ? Par quels moyens Corneille maintient-il le suspense ?

DON FERNAND

Le temps assez souvent a rendu légitime
Ce qui semblait d'abord ne se pouvoir sans crime :
1815 Rodrigue t'a gagnée, et tu dois être à lui.
Mais quoique sa valeur t'ait conquise aujourd'hui,
Il faudrait que je fusse ennemi de ta gloire,
Pour lui donner sitôt le prix de sa victoire.
Cet hymen différé ne rompt point une loi
1820 Qui sans marquer de temps lui destine ta foi[1].
Prends un an, si tu veux, pour essuyer tes larmes.
Rodrigue, cependant[2] il faut prendre les armes.
Après avoir vaincu les Mores sur nos bords,
Renversé leurs desseins, repoussé leurs efforts,
1825 Va jusqu'en leur pays leur reporter la guerre,
Commander mon armée, et ravager leur terre :
À ce nom seul de Cid ils trembleront d'effroi ;
Ils t'ont nommé seigneur, et te voudront pour roi.
Mais parmi tes hauts faits sois-lui toujours fidèle :
1830 Reviens-en, s'il se peut, encor plus digne d'elle ;
Et par tes grands exploits fais-toi si bien priser[3]
Qu'il lui soit glorieux alors de t'épouser.

DON RODRIGUE

Pour posséder Chimène, et pour votre service,
Que peut-on m'ordonner que mon bras n'accomplisse ?
1835 Quoi qu'absent de ses yeux il me faille endurer,
Sire, ce m'est trop d'heur de pouvoir espérer.

DON FERNAND

Espère en ton courage, espère en ma promesse ;
Et possédant déjà le cœur de ta maîtresse,
Pour vaincre un point d'honneur qui combat contre toi,
1840 Laisse faire le temps, ta vaillance et ton roi.

D. D. Petrus Corneille

---

1. **Lui destine ta foi** : te donne à lui en mariage.
2. **Cependant** : pendant ce temps.
3. **Priser** : estimer.

*Samuel Labarthe (Rodrigue) dans une mise en scène
de Gérard Desarthe à Bobigny, 1988.*

REPÈRES

• Qu'annonce le regroupement des personnages ?

OBSERVATION

• Rattachez la réplique de l'infante aux derniers vers de la scène 3. Quel rôle joue l'infante ?

• La tirade de Rodrigue (v. 1775-1800) : à qui s'adresse-t-elle ? Aidez-vous des pronoms.

Relevez les connecteurs logiques : précisez leur valeur (hypothèse, opposition…). Quelle argumentation développe Rodrigue ? Que cherche-t-il à obtenir ?

V. 1783-1786 : relevez les hyperboles. Quelle tonalité donnent-elles ? Quelle image renvoient-elles du héros ?

• V. 1803-1804 : quelle idée les verbes « pouvoir » et « devoir » soulignent-ils ? Quelle construction renforce le sens ?

Quelle objection introduit le connecteur « mais » (v. 1805) ? Relevez dans les vers 1805-1812 les indices de l'incertitude.

• V. 1813- 1832 : à qui s'adresse successivement le roi ?

V. 1813-1822 : relevez les indices de temps. Quel thème introduisent-ils dans le dénouement ?

V. 1822-1832 : relevez le double champ lexical du combat et de l'amour. De quelle mission le roi charge-t-il Rodrigue ? Quelle double valeur attache-t-il à cette mission ?

• Relevez dans les vers 1833-1840 les mots appartenant à la famille d'« espoir » : sur quelle note s'achève la pièce ?

• Étudiez le dernier vers : signification, construction, vocabulaire, rythme, sonorités.

INTERPRÉTATIONS

• Comment s'articulent les thèmes du temps et du mariage dans cette scène ? Montrez que cette combinaison permet à Corneille de résoudre le problème de la bienséance.

• Analysez le rôle du roi dans le dénouement.

• Le dénouement est-il tragique ? Justifiez votre réponse.

Un dénouement de tragi-comédie ou de tragédie ?

L'acte V est l'acte du dénouement. Préparé par l'acte IV qui annonce un combat singulier entre Rodrigue et don Sanche, duel dont Chimène sera le prix (acte IV, scène 5), il résout tous les problèmes laissés en suspens et termine l'action.

Sur un plan dramatique, il évacue les intrigues et les personnages secondaires :

– l'infante renonce à son amour (scènes 2 et 3) ;

– don Sanche vaincu par Rodrigue se retire du jeu (scènes 5 et 6) ;

– réduit au silence, don Diègue devient un personnage témoin tout comme don Arias et don Alonse, deux figures silencieuses des scènes 6 et 7.

Simultanément, le personnage de Chimène et les problématiques qui lui sont attachées (conflit entre l'amour et le devoir, obéissance ou désobéissance au roi) s'emparent de l'espace scénique. Présente dans les scènes 1, 4, 5, 6, 7, c'est Chimène qui rythme le dénouement. En effet, sur un plan technique, les encouragements qu'elle prodigue à Rodrigue avant le duel (scène 1), ses hésitations persistantes dans la scène 2, le quiproquo dont elle est victime dans les scènes 5 et 6 ont une fonction essentiellement dramatique. Sans influence directe sur l'action, elles maintiennent le suspense.

Mais qu'en est-il du mariage des deux héros ? Ce motif s'inscrit en parfaite contradiction avec le dénouement de la tragédie classique qui exige des événements irréversibles. Il confirme la tonalité romanesque de la pièce.

Cette tendance est d'ailleurs accentuée par le délai d'un an imposé par le roi. Toutefois, si, sur un plan technique, ce report permet de sauver les apparences de la bienséance, il souligne le caractère inachevé du dénouement. Laissant place à l'imagination (tout peut se passer durant cette année d'attente), à l'interrogation (le mariage aura-t-il lieu ?), ce dénouement en forme de compromis, ni vraiment heureux, ni vraiment malheureux, se situe entre les deux traditions de la tragi-comédie et de la tragédie, et montre s'il en est besoin que *Le Cid* est une œuvre de transition qui assure le passage de l'une à l'autre.

Le triomphe de l'amour ?

Dans *Le Cid*, plusieurs couples potentiels coexistent : Chimène-Rodrigue, Chimène-don Sanche, l'infante-Rodrigue. L'acte V voit la dissolution des deux derniers au profit du premier, ce qui permet de souligner la fonction de chacun.

Le couple infante-Rodrigue confirme le thème de l'amour impossible. Introduit dès la scène 1 de l'acte I, il passe par une phase d'espérance avant la victoire de Rodrigue sur les Maures (acte II, scène 5) pour être finalement vaincu (acte V, scène 3) à la fois par les conventions sociales et par le couple idéal Chimène-Rodrigue.

Tragique et sans issue, l'amour sacrifié de l'infante a davantage une fonction poétique que dramatique : il donne à Corneille l'occasion d'écrire quelques scènes du plus beau pathétique (acte I, scène 2 ; acte V, scène 2).

Par opposition, le couple Chimène-don Sanche a une valeur strictement utilitaire. Inscrit en filigrane dans l'acte I (scène 1), il fournit à Chimène un champion pour combattre Rodrigue (acte IV, scène 5) et contribue ainsi à actionner le dénouement.

Quant au couple Chimène-Rodrigue, il se réalise de façon virtuelle. Certes, l'acte V signe le triomphe de l'amour enfin réconcilié avec le devoir (scènes 6, 7) mais il s'agit désormais d'un amour à taille humaine fondé par Chimène sur un compromis avec sa conscience profonde, et non plus d'un amour héroïque.

Et si le mariage des deux héros, cautionné par le roi, permet de terminer la pièce sur une note d'espoir, il n'apporte pas de réponse satisfaisante au problème moral d'une fille épousant l'assassin de son père.

Comment lire l'œuvre

Résumé

Acte I : l'affront

Chimène et Rodrigue s'aiment et espèrent bien pouvoir se marier (scène 1). Rodrigue est également aimé en secret de l'infante (scène 2). Jaloux de se voir préférer don Diègue au poste de gouverneur (précepteur) du jeune prince, le comte de Gormas, père de Chimène, au cours d'une dispute gifle son rival (scène 3) : cette grave offense doit être vengée. Don Diègue, affaibli par l'âge, demande à son fils de punir le coupable (scène 5). Rodrigue, déchiré entre son devoir et son amour, n'a pas vraiment le choix : s'il veut conserver l'estime de sa bien-aimée, il doit se battre contre le comte.

Acte II : la vengeance de Rodrigue

Rodrigue provoque le comte en duel (scène 2) tandis que l'infante se prend à espérer car la querelle de leurs pères peut séparer Rodrigue et Chimène (scène 5). Cependant on annonce à la cour la mort du comte (scène 7). Chimène alors se précipite chez le roi pour demander justice (scène 8).

Acte III : la vengeance de Chimène

À don Sanche qui veut être son champion, Chimène répond qu'elle attend la justice du roi (scène 2). Pourtant, si le devoir lui impose de se venger, elle continue à aimer le coupable (scène 4). Mais l'heure est grave, le royaume est en danger : don Diègue suggère à Rodrigue de repousser les Maures qui s'apprêtent à attaquer Séville. Voilà le seul moyen de reconquérir Chimène et de forcer le roi au pardon (scènes 5 et 6).

Acte IV : la victoire de Rodrigue

Rodrigue, qui a repoussé les Maures, est devenu un héros national (scènes 1 et 2). Il fait à la cour un récit enthousiaste de la bataille (scène 3). Mais si le roi lui pardonne la mort du comte, Chimène, elle, poursuit son implacable vengeance : don Sanche sera son champion contre Rodrigue (scènes 4 et 5).

Acte V : la réconciliation

Décidée à épouser le vainqueur du duel, Chimène supplie Rodrigue de l'emporter sur don Sanche (scène 1). Tandis que l'infante renonce définitivement à son amour (scènes 2 et 3), le roi fait croire à Chimène que son bien-aimé est mort. Chimène désespérée s'évanouit sous le coup de la douleur (scènes 5 et 6). Aussitôt, le roi rétablit la vérité : vainqueur de don Sanche, Rodrigue est bien vivant. Et puisque Chimène a fait son devoir, il est temps pour elle d'honorer son engagement. Le roi décide que le mariage aura lieu dans un délai d'un an, le temps pour le Cid de renforcer son prestige par des hauts faits et pour Chimène de terminer son deuil (scène 7).

Structure

ACTE I (350 vers)	ACTE II (390 vers)	ACTE III (360 vers)	ACTE IV (365 vers)	ACTE V (375 vers)
Midi	*Cinq heures*	*La nuit tombée*	*Le lendemain matin*	*Midi*
Exposition Chimène et Rodrigue s'aiment et prévoient de se marier. (scène 1)	**Nœud de l'action** Le comte refuse de faire réparation. (scène 1)	**Péripéties** Les Maures menacent la sécurité du royaume de Castille. (scène 6)	**Péripéties, préparation du dénoue-ment** Victoire de Rodrigue sur les Maures. (scènes 1, 2 et 3)	**Dénouement** Victoire de Rodrigue sur don Sanche. (scène 6)
Engagement de l'action Le comte gifle don Diègue. (scène 3)	Rodrigue défie le comte. (scène 2)		Duel projeté entre Rodrigue et don Sanche. (scènes 4 et 5)	Le roi donne Chimène en mariage à Rodrigue. (scène 7)
Don Diègue charge Rodrigue de le venger. (scènes 4 à 6)	Don Alonse annonce la mort du comte. (scène 3)			

Les personnages

Les personnages principaux

Rodrigue ou le baptême du feu

Rodrigue est le personnage le plus positif de la pièce. Qu'il s'agisse de défendre l'honneur bafoué de son père, d'accepter le châtiment imposé par Chimène, de risquer sa vie pour son roi, il va de l'avant, s'élance au danger comme un adolescent qui doit réaliser ses potentiels pour accéder à l'âge adulte.

Sur un plan personnel, la pièce lui réserve une série d'aventures qui vont le révéler à lui-même et aux autres. Au début, il est Rodrigue, héros en puissance : jeune, beau, noble et plein de promesses. À la fin, il est le Cid, jeune guerrier mûri par l'expérience, futur grand du royaume pour qui les mots sont devenus des actes. Symbole du héros cornélien, il obéit à une éthique personnelle dans laquelle l'honneur commande à tout autre sentiment, y compris à la passion amoureuse.

Porte-parole de Corneille, il est d'un point de vue historique le modèle d'une nouvelle génération de gentilshommes, ceux pour qui la mission de « servir son roi » a remplacé l'idéal chevaleresque du Moyen Âge, ceux qui permettront à la France féodale de devenir la monarchie absolue de Louis XIV. Sur un plan idéologique, son personnage joue un rôle exemplaire à travers l'épisode des Maures. Sa victoire sur l'ennemi du royaume transforme son destin individuel en destin collectif et permet d'élargir la problématique de la pièce en lui donnant une dimension politique.

Enfin, sur un plan dramatique, Rodrigue joue un rôle moteur : c'est lui qui engage l'action par son duel avec don Gormas et qui actionne le dénouement par son duel avec don Sanche.

Chimène, l'héroïne blessée

C'est à Chimène, version féminine de Rodrigue et personnage sans doute le plus complexe de l'œuvre, que la pièce doit son épaisseur psychologique. En effet, si l'on observe chez elle le même sens de l'honneur, le même souci du devoir, le même orgueil que chez Rodrigue, elle est à la fois plus dure et plus sensible, rigide par sa volonté, mais vulnérable par son amour. Tour à tour, elle connaît le doute (acte I, scène 1), l'inquiétude (acte II, scènes 3 et 4), la culpabilité (acte III, scène 3). Son évanouissement quand elle croit Rodrigue mort au combat (acte IV, scène 4), les reproches dont elle accable don Sanche supposé vainqueur de Rodrigue (acte V, scène 6) nous la montrent en perpétuel débat avec elle-même, prisonnière d'une contradiction contre laquelle sa volonté reste impuissante : elle aime l'assassin de son père.

De cette déchirure naît, sur le plan de l'écriture, la dimension argumentative de la pièce (voir p. 185) tandis que, sur le plan dramatique, la volonté de l'héroïne permet de prolonger l'action en projetant au fur et à mesure des scènes, et jusqu'au dénouement, le motif incontournable de la vengeance.

Don Gomès et don Diègue : l'attachement au passé

Don Gomès et don Diègue sont les héros négatifs de la pièce. Inversant les valeurs attachées à la figure traditionnelle du père (expérience, sagesse, générosité, mesure) ils sont prisonniers d'un idéal dépassé. Au-dessus des lois, ils ne sèment autour d'eux que désordre et désolation.

Sur un plan idéologique, Corneille, à travers ces deux personnages, met en garde ses contemporains : le temps des règlements de comptes individuels est révolu. Rien ne doit se décider hors du contrôle de l'État. La mort du comte a valeur d'avertissement et le recours de don Diègue à l'arbitrage du roi après cet épisode (acte II, scène 8) montre la voie à suivre. Sur un plan dramatique leur personnalité donne à ces deux personnages une fonction essentielle dans l'intrigue : la jalousie de l'un, l'humiliation de l'autre en effet sont à l'origine de l'action. La gifle du comte à don Diègue engage les hostilités : c'est le début d'une série d'événements qui rythmeront la pièce jusqu'à son dénouement.

Les personnages secondaires

Don Fernand : la préfiguration du Roi-Soleil

Tour à tour père de substitution pour Chimène, garant des règles, juge, Don Fernand offre à ses sujets l'image d'un monarque indulgent mais tout-puissant.

Les critiques lui ont souvent reproché d'être plus sévère en paroles qu'en actes. On lui a fait grief de ne pas ordonner l'arrestation du comte après l'échec de la tentative de conciliation (acte II, scène 1). On a mal compris qu'après un duel bafouant les lois en vigueur il ait laissé Rodrigue en liberté. Enfin on s'est demandé pourquoi, dans la scène 8 de l'acte II, il renvoyait à plus tard son verdict, abandonnant Chimène à son désespoir et don Diègue à son inquiétude.

Au vu de sa conduite, don Fernand n'a pas l'étoffe d'un héros mais celle d'un monarque obligé de gérer des situations qui l'embarrassent. À la croisée des chemins entre le monde féodal qui vit ses derniers feux et une monarchie puissante qui essaye d'imposer sa loi, le roi assume un rôle de transition qui donne peu d'éclat à son personnage et qui jette un flou sur sa stature politique.

L'infante et don Sanche : les amoureux déçus

L'infante, cette « pauvre princesse » (v. 1569), et don Sanche sont deux personnages de l'ombre que les circonstances poussent sur le devant de la scène aux moments forts du conflit.

L'infante, au cours de la pièce, renonce, espère, puis renonce définitivement à son amour pour Rodrigue. Lorsqu'elle « donne » Rodrigue à Chimène, on perçoit de la résignation derrière sa générosité : de toute façon, Rodrigue ne l'aime pas. À travers son itinéraire, le motif de l'amour déçu introduit une tonalité lyrique dans la pièce et lui donne une dimension poétique qui contraste avec la tonalité plus conquérante du thème amoureux chez Rodrigue et Chimène.

Sur le plan dramatique, son personnage crée une diversion

dont l'intrigue aurait pu se passer et qui a valu à Corneille l'accusation de ne pas respecter l'unité d'action (voir p. 28, la querelle du *Cid*).

À l'inverse, don Sanche, dans son rôle d'amoureux, ne présente guère de nuances. Dans sa fonction d'opposant à Rodrigue, son personnage, s'il introduit sur le plan dramatique une nuance d'incertitude au début de la pièce (acte I, scène 1), ne déstabilise jamais l'intrigue. Pâle réplique du Cid dont il met en valeur par opposition la supériorité, don Sanche est limité à un rôle technique : il défend les intérêts de Chimène, armes à la main (acte IV, scène 5).

Elvire et Léonor : la voix de la raison

Les deux gouvernantes occupent dans la pièce sensiblement la même fonction.

Ne jouant aucun rôle dans l'action, elles sont là pour entendre et encourager la parole de leur maîtresse par les objections qu'elles lui opposent. Leur rôle de confidente qui permet à Chimène et à l'infante d'exprimer leurs sentiments les plus secrets, de les justifier et d'en débattre contribue à donner au dialogue sa dimension argumentative (voir p. 185 et suivantes).

Les règles du théâtre classique

À la fin du XVIᵉ siècle, la tragédie et la tragi-comédie se partagent le goût du public. Mais ces deux genres se développent au gré des auteurs, dans une indifférence plus ou moins affichée à l'égard des règles : la sensibilité baroque privilégie, en effet, le mouvement, les contrastes, la liberté.

La tragi-comédie : fantaisie et mouvement

Dans le premier quart du XVIIᵉ siècle, c'est la tragi-comédie qui plaît au public. D'une inspiration très libre, elle constitue un divertissement de première qualité : elle fait trembler, rire, pleurer et rêver.

L'action peut durer plusieurs jours, ou même plusieurs années ; on change maintes fois de décor au cours de la représentation, plusieurs intrigues s'entrecroisent, des scènes comiques alternent avec des scènes dramatiques pour entretenir l'intérêt du spectateur. Enlèvements, assassinats, duos d'amour, retrouvailles : les situations les plus romanesques et les plus invraisemblables sont permises pourvu que le public éprouve des émotions fortes, pourvu surtout que la pièce finisse bien.

La tragédie : rigueur et règles

Or à la veille du *Cid*, la tragédie, genre noble, cherche à reconquérir sa place dans l'art dramatique.

La tragédie s'oppose par ses principes à la tragi-comédie. En effet, elle s'adresse, selon les vœux de Richelieu, non pas aux « ignorants » mais aux « personnes de naissance ou nourries par les grands », c'est-à-dire à la noblesse. Elle emprunte ses sujets à l'histoire ou à la légende et met en scène des personnages fameux. Elle s'interdit les séquences comiques ou familières pour accentuer le climat tragique de la pièce. Sa

forme, son organisation spatiale et temporelle sont extrême-
ment codées, sa morale sévèrement censurée.
Comme on le voit, la tragédie est un genre beaucoup plus
strict que la tragi-comédie et ce genre convient bien au climat
social et politique de la France gouvernée par Richelieu. Le
temps n'est plus à la folie mais à la raison : la tragi-comédie
est dévalorisée, et ses caractéristiques deviennent des défauts.

Les règles

« Qu'en un lieu, qu'en un jour, un seul fait accompli
Tienne jusqu'à la fin le theatre rempli. »

Ces vers de Boileau (*Art poétique*, III, v. 45-46) résument
la règle des trois unités qui sert de fondement au théâtre
classique.

• L'unité d'action

De l'exposition au dénouement, une pièce doit développer les
phases successives d'une intrigue unique. L'unité d'action
oblige le spectateur à concentrer son attention sur l'essentiel.
Grâce à ce procédé, l'auteur garde le contrôle du public.
L'unité d'action présente également une valeur esthétique et
morale, elle symbolise l'ordre et l'équilibre, valeurs essentielles de la culture classique.

• L'unité de temps

Aristote avait dit :

« La tragédie s'efforce le plus possible de se renfermer dans une
révolution du Soleil ou du moins de dépasser peu ses limites. »

Poétique.

De cette indication, les théoriciens du XVIIᵉ siècle ont déduit
que l'action d'une pièce de théâtre ne peut excéder vingt-
quatre heures. On devine les difficultés qu'a entraînées cette
règle pour les auteurs désormais obligés de faire entrer dans
une durée très courte une somme impressionnante d'événements indispensables à la construction de l'intrigue.
Pourtant, cette règle aura pour effet de transformer la conception même de la tragédie conçue désormais comme un

moment de crise aiguë, comme l'aboutissement de toute une série d'événements antérieurs étrangers à la représentation proprement dite.

• *L'unité de lieu*
Elle découle de l'unité de temps : si l'action se déroule en une seule journée, les déplacements des personnages sont forcément limités. Elle signe l'arrêt de mort de l'imagination en installant le spectateur une bonne fois pour toutes devant un décor. Elle oblige peu à peu les auteurs à choisir comme lieu unique de la représentation une salle de palais pour la tragédie et souvent une rue ou une place pour la comédie. Elle exclut en outre la mise en scène des batailles et interdit la couleur locale.
Cependant, elle permet de mettre le spectateur en condition : le public peut concentrer son attention sur la psychologie des personnages et leurs luttes intérieures sans s'attarder sur les détails du décor.

• *La vraisemblance*
Question délicate que celle des rapports entre le vrai et le vraisemblable ! Boileau, dans son *Art poétique* (III, v. 47-50) proposa fort heureusement une piste à suivre :

« Notre esprit ne peut croire que ce qu'il admet pour vraisemblable : il y a des choses qui sont arrivées réellement et lui paraîtraient incroyables étant donné nos idées actuelles, si elles n'avaient pour elles la garantie de l'histoire. C'est donc une nécessité pour l'œuvre d'art, si elle veut plaire en touchant le public, de préférer au vrai, matière de l'histoire, le vraisemblable, c'est-à-dire ce qui est conforme à l'idée que se fait le public de la réalité. »

Sur cette question donc, l'unité de mesure n'est pas le vrai mais le vraisemblable, c'est-à-dire ce qu'est capable d'admettre et d'assimiler un esprit du XVIIᵉ siècle. Derrière cette notion de « vraisemblable » se profile, on le devine, la morale conservatrice de l'époque.

• *La bienséance*
« Ce n'est que par la bienséance que la vraisemblance a son effet : tout

devient vraisemblable dès que la bienséance garde son caractère dans toutes les circonstances. »

P. Rapin, *Réflexions sur la poétique*, 1674.

Il est clair que la règle de la bienséance découle directement de la règle de la vraisemblance. Un auteur dramatique doit avoir à cœur de ne pas choquer son public en montrant sur la scène des situations d'un pathétique effréné, des duels ou des batailles. Tout réalisme doit être banni au nom de la bienséance.

Cette règle s'exercera bien souvent au détriment de la vrai-semblance historique : pour ne pas choquer, les auteurs n'hésiteront pas à transformer la vérité pour lui faire épou-ser l'idéologie classique.

Sur le plan dramatique, ils seront obligés de substituer des récits à tous les événements violents survenant au cours de la pièce. Dès lors, la tragédie devient un genre privilégiant le sens au détriment du spectacle, et l'on comprend pourquoi le théâtre classique est un théâtre littéraire.

Le Cid : tragi-comédie ou tragédie ?

Le Cid et les règles de l'art classique

L'un des principaux reproches adressés à Corneille au moment de la querelle du *Cid*, et qui a engendré un malen-tendu de plusieurs siècles, est de n'avoir pas respecté dans sa pièce les règles de l'art classique. Il y a là un contresens dont on comprendrait mal comment il a pu naître et se perpétuer si ce n'était par l'effet conjugué d'une erreur de chronologie due aux critiques de l'époque, d'une appréciation erronée du genre de la pièce et, enfin, de l'ambivalence de Corneille lui-même face à ces accusations.

En effet, le procès fait à Corneille à travers la querelle du *Cid* est en réalité la mise en accusation d'un genre.

Situation singulière que celle de Corneille en 1637 : voilà qu'on accuse sa pièce de ne pas être ce que, précisément, elle n'est pas. On analyse une tragi-comédie en prenant pour unité de mesure les règles de la tragédie ! Le contresens est de taille et pourtant

Corneille n'essaiera pas de rétablir la vérité. Au cours de la querelle, il combattra ses détracteurs sur leur propre terrain, celui de la mystification ou du malentendu. Pourquoi ?

L'ambivalence de Corneille

Corneille a voulu réconcilier en une seule et même pièce deux genres dramatiques incompatibles, faire entrer une tragi-comédie dans le moule de la tragédie.

Pour lui aussi, *Le Cid* est une œuvre charnière : auteur comblé grâce au succès de ses premières pièces qui sont des tragi-comédies et des comédies, il ne peut rester en dehors du courant qui se dessine en faveur de la tragédie. Plus tard d'ailleurs, il soulignera ce paradoxe en rebaptisant *Le Cid* dans l'édition de 1748 : la pièce s'appellera non plus « tragi-comédie » mais « tragédie », façon quelque peu artificielle de régler la question sans compromettre le fond de sa pensée.

À cette position pour le moins délicate de l'écrivain se superpose sans doute déjà à l'époque une difficulté naturelle à maîtriser les notions de « règles » si chères aux théoriciens de l'art classique, comme si les principes d'Aristote ne cadraient pas vraiment avec sa personnalité. Le *Discours de l'utilité et des parties du poème dramatique*, paru dans l'édition de 1660, est, à cet égard, parfaitement révélateur :

« Il faut observer l'unité d'action, de lieu, et de jour, personne n'en doute ; mais ce n'est pas une petite difficulté de savoir ce que c'est que cette unité d'action, et jusques où peut s'étendre cette unité de jour et de lieu. »

Dans son *Examen du « Cid »*, Corneille avouera d'ailleurs ce qu'il nia du temps de la querelle, à savoir que *Le Cid* est loin de respecter à la lettre les fameuses règles :

« Bien que ce soit celui de mes ouvrages où je me suis permis le plus de licence, il passe encore pour le plus beau auprès de ceux qui ne s'attachent pas à la dernière sévérité des règles. »

Ces mots de Corneille nous intéressent à double titre. En effet, s'ils permettent de mesurer l'aspect provocateur de la pièce au regard des doctes de l'époque, ils mettent en lumière une de ses qualités essentielles : sa substance intermédiaire qui cherche à marier les contraires, cette richesse née d'un croisement inconcevable entre la liberté et la contrainte, laquelle enchanta, comme on le sait, le public de l'époque, tandis que les garants de l'ordre nouveau manquaient, par excès de zèle, un des événements majeurs de l'histoire littéraire française, la création d'une œuvre unique, absolument inclassable.

Les trois unités dans *Le Cid*

Comment, dans le détail de la pièce, Corneille s'est-il accommodé des règles ?

• *L'unité d'action*

C'est bien l'amour menacé de Rodrigue et Chimène qui constitue le sujet de la pièce. Cependant, on ne peut nier que la « tragédie de l'infante » est une intrigue secondaire venant se greffer, sans nécessité absolue, sur l'intrigue principale. Corneille d'ailleurs le reconnaîtra dans un passage du *Discours* :

« Aristote blâme fort les épisodes détachés et dit "que les mauvais poètes en font par ignorance et les bons en faveur des comédiens pour leur donner de l'emploi". »

La « tragédie de l'infante » est de ce nombre.

• *L'unité de temps*

L'action occupe sensiblement vingt-quatre heures ainsi réparties :
– Premier jour, dans l'après-midi : querelle de don Diègue et du comte, duel de Rodrigue et du comte.
– Nuit : bataille contre les Maures.
– Deuxième jour : assemblée chez le roi.
Comme on le voit, la règle des vingt-quatre heures a été respectée mais Corneille dira dans son *Examen* combien cette contrainte a porté préjudice à la vraisemblance de l'intrigue :

« La mort du comte et l'arrivée des Maures s'y pouvaient entre-suivre d'aussi près qu'elle font, parce que cette arrivée est une surprise qui n'a point de communication, ni de mesure à prendre avec le reste ; mais il n'en va pas ainsi du combat de don Sanche, dont le roi était le maître, et pouvait lui choisir un autre temps que deux heures après la fuite des Maures. Leur défaite avait assez fatigué Rodrigue toute la nuit pour mériter deux ou trois jours de repos. »

« Cette même règle presse aussi trop Chimène de demander justice au roi la seconde fois. Elle l'avait fait le soir d'auparavant, et n'avait aucun sujet d'y retourner le lendemain matin pour en importuner le roi, dont elle n'avait encore aucun lieu de se plaindre, puisqu'elle ne pouvait encore dire qu'il lui eût manqué de promesse.
Le roman lui aurait donné sept ou huit jours de patience avant de l'en presser de nouveau ; mais les vingt et quatre heures ne l'ont pas permis : c'est l'incommodité de la règle. »

• *L'unité de lieu*
La pièce se déroule dans trois endroits différents : la place publique, le palais du roi et la maison de Chimène. Corneille a donc dévié la règle qui préconise le choix d'un lieu unique. Voici les explications qu'il donnera dans son *Examen* :

« Tout s'y passe donc dans Séville, et garde ainsi quelque espèce d'unité de lieu en général ; mais le lieu particulier change de scène en scène, et tantôt, c'est le palais du roi, tantôt l'appartement de l'infante, tantôt la maison de Chimène, et tantôt une rue ou place publique. On le détermine aisément pour les scènes détachées ; mais pour celles qui ont leur liaison ensemble, comme les quatre dernières du premier acte, il est malaisé d'en choisir un qui convienne à toutes. Le comte et don Diègue se querellent au sortir du palais ; cela se peut passer dans une rue ; mais, après le soufflet reçu, don Diègue ne peut pas demeurer en cette rue à faire ses plaintes, attendant que son fils survienne, qu'il ne soit tout aussitôt environné de peuple, et ne reçoive l'offre de quelques amis. Ainsi il serait plus à propos qu'il se plaignît dans sa maison, où le met l'Espagnol, pour laisser aller ses sentiments en liberté ; mais en ce cas, il faudrait délier les scènes comme il a fait. En l'état où elles sont ici, on peut dire qu'il faut quelquefois aider au théâtre et suppléer favorablement ce qui ne s'y peut représenter. Deux personnes s'y arrêtent pour parler, et quelquefois il faut présumer qu'ils marchent, ce qu'on ne peut exposer sensiblement à la vue, parce qu'ils échapperaient aux yeux avant que d'avoir pu dire ce qu'il est nécessaire qu'ils fassent savoir à l'auditeur. Ainsi par une fiction de théâtre, on peut s'imaginer que don Diègue et le comte, sortant du palais du roi, avancent toujours en se querellant, et sont arrivés devant la maison de ce premier lorsqu'il reçoit le soufflet qui l'oblige à y entrer pour y chercher du secours. »

La vraisemblance et la bienséance dans *Le Cid*

Plusieurs problèmes se sont posés à Corneille lorsqu'il a écrit *Le Cid.*

• *Le soufflet*

La bienséance eût commandé à l'auteur de ne pas le montrer sur scène. Pourtant, il a choisi de le représenter pour créer un mouvement de sympathie chez les spectateurs :

« Ce qu'on expose à la vue touche bien plus que ce qu'on n'apprend que par un récit [...] L'indignité d'un affront fait à un vieillard, chargé d'années et de victoires, les jette [les spectateurs] aisément dans le parti de l'offensé. »

• *La réaction du roi après le soufflet*

Si Corneille tempère cette réaction alors que la vraisemblance eût exigé que le roi fît arrêter le comte, c'est pour se conformer à son modèle et par respect de la vérité historique :

« Chez don Guilhem de Castro, le soufflet se donne en sa présence et en celle de deux ministres d'État, qui lui conseillent, après que le comte s'est retiré fièrement et avec bravade, et que don Diègue a fait la même chose en soupirant, de ne le pousser point à bout, parce qu'il a une quantité d'amis dans les Asturies, qui se pourraient révolter, et prendre parti avec les Maures dont son État est environné. Ainsi il se résout d'accommoder l'affaire sans bruit, et recommande le secret à ces deux ministres, qui ont été seuls témoins de l'action. C'est sur cet exemple que je me suis cru bien fondé à le faire agir plus mollement qu'il ne ferait en ce temps-ci, où l'autorité royale est plus absolue. »

• *Les funérailles du comte*

Pour éviter de déconcentrer ou de troubler le spectateur, Corneille a choisi de passer cet épisode sous silence, ce qui est conforme à la bienséance.

• *Les deux visites de Rodrigue à Chimène*

La vérité psychologique et la qualité des sentiments exprimés de part et d'autre lors de ces rencontres justifient selon l'auteur une petite entorse à la règle de la bienséance :

« Leur conversation est remplie de si beaux sentiments, que plusieurs n'ont pas connu ce défaut, et que ceux qui l'ont connu l'ont toléré. J'irai plus outre, et dirai que tous presque ont souhaité que ces entretiens se fissent ; et j'ai remarqué aux premières représentations qu'alors que ce malheureux amant se présentait devant elle, il s'élevait un certain frémissement dans l'assemblée, qui marquait une curiosité merveilleuse, et un redoublement d'attention pour ce qu'ils avaient à se dire dans un état si pitoyable. »

• *Le mariage de Chimène avec le Cid*

L'épisode est emprunté à Guilhem de Castro mais Corneille dit en avoir mesuré le caractère choquant. C'est pourquoi, s'il laisse entrevoir ce dénouement, il le repousse dans un avenir lointain (« Prends un an, si tu veux, pour essuyer tes larmes », v. 1821) :

« Il est vrai que, dans ce sujet, il faut se contenter de tirer Rodrigue de péril, sans le pousser jusqu'à son mariage avec Chimène. Il est historique et a plu en son temps ; mais bien sûrement il déplairait au nôtre ; et j'ai peine à voir que Chimène y consente chez l'auteur espagnol, bien qu'il donne plus de trois ans de durée à la comédie qu'il en a faite. Pour ne pas contredire l'histoire, j'ai cru ne me pouvoir dispenser d'en jeter quelque idée, mais avec incertitude de l'effet, et ce n'était que par là que je pouvais accorder la bienséance du théâtre avec la vérité de l'événement. »

Correspondances

—**1**

• Les tragi-comédies *Mélite* et *Clitandre* ont lancé la carrière de Corneille. Les deux extraits suivants mettent en évidence les caractéristiques d'un genre dont la tragédie allait se rendre maître.

« *Éraste vient de présenter la femme qu'il aime, Mélite, à son ami, Tircis.*

Éraste. Maintenant suis-je fou ? mérité-je du blâme ?
Que dis-tu de l'objet ? que dis-tu de ma flamme ?

215 **Tircis.** Que veux-tu que j'en die ? Elle a je ne sais quoi
Qui ne peut consentir que l'on demeure à soi.
Mon cœur, jusqu'à présent à l'amour invincible,
Ne se maintient qu'à force aux termes d'insensible ;
Tout autre que Tircis mourrait pour la servir.

220 **Éraste.** Confesse franchement qu'elle a su te ravir,
Et que tu ne veux pas prendre pour cette belle
Avec le nom d'amant le titre d'infidèle.
Rien que notre amitié ne t'en peut détourner ;
Mais ta muse du moins, facile à suborner,

225 Avec plaisir déjà prépare quelques veilles
À de puissants efforts pour de telles merveilles.
Tircis. En effet, ayant vu tant et de tels appas,
Que je ne rime point, je ne le promets pas.
Éraste. Tes feux n'iront-ils point plus avant que la rime ?

230 **Tircis.** Si je brûle jamais, je veux brûler sans crime.
Éraste. Mais si sans y penser tu te trouvais surpris ?
Tircis. Quitte pour décharger mon cœur dans mes écrits.
J'aime bien ces discours de plaintes et d'alarmes,
De soupirs, de sanglots, de tourments et de larmes ;

235 C'est de quoi fort souvent je bâtis ma chanson,
Mais j'en connais, sans plus, la cadence et le son.
Souffre qu'en un sonnet je m'efforce à dépeindre
Cet agréable feu que tu ne peux éteindre :
Tu le pourras donner comme venant de toi.

240 **Éraste.** Ainsi ce cœur d'acier qui me tient sous sa loi,
Verra ma passion pour le moins en peinture.
Je doute néanmoins qu'en cette portraiture
Tu ne suives plutôt tes propres sentiments.
Tircis. Me prépare le ciel de nouveaux châtiments,

245 Si jamais un tel crime entre dans mon courage !
Éraste. Adieu. Je suis content, j'ai ta parole en gage,
Et sais trop que l'honneur t'en fera souvenir.
Tircis, *seul.* En matière d'amour rien n'oblige à tenir ;
Et les meilleurs amis, lorsque son feu les presse,

250 Font bientôt vanité d'oublier leur promesse. »

Pierre Corneille,
Mélite, acte I, scène 3.

Amoureux de Dorise, Pymante est dédaigné au profit de Rosidor.
Pour conquérir le cœur de la jeune fille, il lui fait croire qu'il a tué
son rival.

> « **Dorise.** Je te le dis encor, tu perds temps à me suivre ;
> Souffre que de tes yeux ta pitié me délivre :
> Tu redoubles mes maux par de tels entretiens.
> **Pymante.** Prenez à votre tour quelque pitié des miens,
> 985 Madame, et tarissez ce déluge de larmes ;
> Pour rappeler un mort ce sont de faibles armes ;
> Et, quoi que vous conseille un inutile ennui,
> Vos cris et vos sanglots ne vont point jusqu'à lui.
> **Dorise.** Si mes sanglots ne vont où mon cœur les envoie,
> 990 Du moins par eux mon âme y trouvera la voie ;
> S'il lui faut un passage afin de s'envoler,
> Ils le lui vont ouvrir en le fermant à l'air.
> Sus donc, sus, mes sanglots ! redoublez vos secousses :
> Pour un tel désespoir vous les avez trop douces :
> 995 Faites pour m'étouffer de plus puissants efforts.
> **Pymante.** Ne songez plus, madame, à rejoindre les morts ;
> Pensez plutôt à ceux qui n'ont point d'autre envie
> Que d'employer pour vous le reste de leur vie ;
> Pensez plutôt à ceux dont le service offert
> 1000 Accepté vous conserve, et refusé vous perd.
> **Dorise.** Crois-tu donc, assassin, m'acquérir par ton crime ?
> Qu'innocent méprisé, coupable je t'estime ?
> À ce compte, tes feux n'ayant pu m'émouvoir,
> Ta noire perfidie obtiendrait ce pouvoir ?
> 1005 Je chérirais en toi la qualité de traître,
> Et mon affection commencerait à naître
> Lorsque tout l'univers a droit de te haïr ?
> **Pymante.** Si j'oubliai l'honneur jusques à le trahir,
> Si, pour vous posséder, mon esprit, tout de flamme,
> 1010 N'a rien cru de honteux, n'a rien trouvé d'infâme,
> Voyez par là, voyez l'excès de mon ardeur :
> Par cet aveuglement jugez de sa grandeur.
> **Dorise.** Non, non, ta lâcheté, que j'y vois trop certaine,
> N'a servi qu'à donner des raisons à ma haine.
> 1015 Ainsi ce que j'avais pour toi d'aversion

Vient maintenant d'ailleurs que d'inclination :
C'est la raison, c'est elle à présent qui me guide
Aux mépris que je fais des flammes d'un perfide.
Pymante. Je ne sache raison qui s'oppose à mes vœux,
1020 Puisqu'ici la raison n'est que ce que je veux,
Et, ployant dessous moi, permet à mon envie
De recueillir les fruits de vous avoir servie.
Il me faut des faveurs malgré vos cruautés.
Dorise. Exécrable ! ainsi donc tes désirs effrontés
1025 Voudraient sur ma faiblesse user de violence ?
Pymante. Je ris de vos refus, et sais trop la licence
Que me donne l'amour en cette occasion.
Dorise, *lui crevant l'œil de son aiguille.* Traître ! ce ne sera qu'à
ta confusion.
Pymante, *portant les mains à son œil crevé.* Ah, cruelle !
1030 **Dorise.** Ah, brigand ! »

Pierre Corneille,
Clitandre, acte IV, scène 1.

—2—

• Dans sa tragédie *Horace,* dont voici un extrait, Corneille
montre qu'il est parfaitement capable de se plier aux règles
de la tragédie classique.

« Sœur d'Horace et fiancée de Curiace, Camille vient d'apprendre que
les deux hommes vont se battre dans le cadre de la guerre sans merci
qui oppose Rome et sa voisine Albe.

Camille. Iras-tu, Curiace ? et ce funeste honneur
Te plaît-il aux dépens de tout notre bonheur ?
535 **Curiace.** Hélas ! je vois trop bien qu'il faut, quoi que je fasse,
Mourir, ou de douleur, ou de la main d'Horace.
Je vais comme au supplice à cet illustre emploi ;
Je maudis mille fois l'état qu'on fait de moi :
Je hais cette valeur qui fait qu'Albe m'estime ;
540 Ma flamme au désespoir passe jusques au crime,
Elle se prend au ciel, et l'ose quereller.
Je vous plains, je me plains ; mais il y faut aller.

Camille. Non ; je te connais mieux, tu veux que je te prie,
Et qu'ainsi mon pouvoir t'excuse à ta patrie.
545 Tu n'es que trop fameux par tes autres exploits :
Albe a reçu par eux tout ce que tu lui dois.
Autre n'a mieux que toi soutenu cette guerre ;
Autre de plus de morts n'a couvert notre terre :
Ton nom ne peut plus croître, il ne lui manque rien ;
550 Souffre qu'un autre ici puisse ennoblir le sien.
Curiace. Que je souffre à mes yeux qu'on ceigne une autre tête
Des lauriers immortels que la gloire m'apprête,
Ou que tout mon pays reproche à ma vertu
Qu'il aurait triomphé si j'avais combattu,
555 Et que sous mon amour ma valeur endormie
Couronne tant d'exploits d'une telle infamie !
Non, Albe, après l'honneur que j'ai reçu de toi,
Tu ne succomberas ni vaincras que par moi ;
Tu m'as commis ton sort, je t'en rendrai bon compte,
560 Et vivrai sans reproche, ou périrai sans honte.
Camille. Quoi ! tu ne veux pas voir qu'ainsi tu me trahis !
Curiace. Avant que d'être à vous je suis à mon pays.
Camille. Mais te priver pour lui toi-même d'un beau-frère,
Ta sœur de son mari !
Curiace.   Telle est notre misère :
565 Le choix d'Albe et de Rome ôte toute douceur
Aux noms jadis si doux de beau-frère et de sœur.
Camille. Tu pourras donc, cruel, me présenter sa tête,
Et demander ma main pour prix de ta conquête !
Curiace. Il n'y faut plus penser ; en l'état où je suis,
570 Vous aimer sans espoir, c'est tout ce que je puis.
Vous en pleurez, Camille ?
Camille.   Il faut bien que je pleure :
Mon insensible amant ordonne que je meure ;
Et quand l'hymen pour nous allume son flambeau,
Il l'éteint de sa main pour m'ouvrir le tombeau.
575 Ce cœur impitoyable à ma perte s'obstine,
Et dit qu'il m'aime encore alors qu'il m'assassine.
Curiace. Que les pleurs d'une amante ont de puissants discours !
Et qu'un bel œil est fort avec un tel secours !

Que mon cœur s'attendrit à cette triste vue !
580   Ma constance contre elle à regret s'évertue.
N'attaquez plus ma gloire avec tant de douleurs,
Et laissez moi sauver ma vertu de vos pleurs ;
Je sens qu'elle chancelle, et défend mal la place :
Plus je suis votre amant, moins je suis Curiace.
585   Faible d'avoir déjà combattu l'amitié,
Vaincrait-elle à la fois l'amour et la pitié ?
Allez, ne m'aimez plus, ne versez plus de larmes,
Ou j'oppose l'offense à de si fortes armes ;
Je me défendrai mieux contre votre courroux,
590   Et, pour le mériter, je n'ai plus d'yeux pour vous :
Vengez-vous d'un ingrat, punissez un volage.
Vous ne vous montrez point sensible à cet outrage !
Je n'ai plus d'yeux pour vous, vous en avez pour moi !
En faut-il plus encor ? je renonce à ma foi.
595   Rigoureuse vertu dont je suis la victime,
Ne peux-tu résister sans le secours d'un crime ? »

Pierre Corneille,
Horace, acte II, scène 5.

L'art du dialogue argumentatif

Dans *Le Cid*, les personnages sont en perpétuel débat avec
eux-mêmes ou avec les autres. Sous forme de dilemme, de
discussion, d'altercation, de contestation, de délibération,
de négociation, le discours est presque systématiquement
mis au service d'une cause qu'il faut défendre, d'une personne qu'il faut influencer ou convaincre, d'une situation
qu'il faut changer.

Les couples argumentatifs

Dans la pièce, on observe plusieurs couples argumentatifs
qui mettent face à face des individus que séparent l'origine
sociale, les sentiments, les intérêts ou la situation.

• *Les couples gouvernante-maîtresse*

La relation entre chaque gouvernante et sa maîtresse est propice au discours argumentatif et donne lieu dans la pièce à plusieurs duos qui se répondent en écho d'une scène à l'autre. Le dialogue entre Chimène et Elvire, entre l'infante et Léonor, met en évidence une différence de points de vue davantage due à la différence sociale qu'à des écarts de caractère. Les gouvernantes adoptent toujours un point de vue pratique : représentante de l'ordre, Léonor rappelle sans cesse son rang et ses devoirs à une infante qui rêve de transgresser les règles et de céder à sa passion (acte I, scène 2 ; acte II, scène 5 ; acte III, scène 5). Maternelle, Elvire tente d'apaiser les angoisses de Chimène (acte I, scène 1), puis, après la mort du comte, de modérer l'obstination de la jeune fille à vouloir se venger (acte III, scène 3), et enfin, d'accepter de déposer les armes (acte V, scène 4). Toutefois, à aucun moment la parole de la gouvernante ne change le cours des événements. Elle encourage davantage la confidence qu'elle ne modifie la disposition d'esprit de deux jeunes filles prisonnières de leurs idées. L'échange argumentatif perd ici sa fonction persuasive pour jouer un rôle explicatif : les objections ou les conseils distribués au fil du discours par les gouvernantes stimulent la parole des jeunes filles mais mettent en évidence deux systèmes de pensée opposés.

• *Le couple père et fils*

Deux scènes mettent face à face don Diègue et Rodrigue en tête-à-tête. Dans la première (acte I, scène 5), don Diègue persuade son fils d'assurer sa vengeance contre le comte ; dans la seconde (acte III, scène 6), Don Diègue cherche à calmer le désespoir de Rodrigue puis l'encourage à gagner le double pardon du roi et de Chimène par l'héroïsme au combat. Dans la première scène, l'argumentation, relayée par le débat intérieur (acte I, scène 6), atteint son objectif, tandis que dans la deuxième scène, le dialogue fait apparaître un désaccord de fond entre le père et le fils que l'idéologie amoureuse sépare : pour le premier l'amour est un divertissement (« Nous n'avons qu'un honneur, il est tant de maîtresses ! / L'Amour n'est qu'un plaisir, l'honneur est un devoir. », v. 1058-1059) ; pour le second, un sentiment exclusif (« À ma fidélité, ne faites point d'injure », v. 1065).

• *Les couples d'adversaires*

Chez le couple don Gomès et don Diègue (acte I, scène 3) relayé par le couple don Gomès-Rodrigue (acte II, scène 2) l'argumentation prend la forme d'une tentative de concilia- tion mais sous forme inversée. En effet, dans la scène 3 de l'acte I, c'est don Diègue qui tente d'apaiser don Gomès tan- dis que dans la scène 2 de l'acte III, c'est don Gomès qui cherche à calmer la colère de Rodrigue. Dans les deux cas, l'argumentation se révèle impuissante à changer le cours des événements. Elle manque son objectif et débouche sur la vio- lence (le soufflet, le duel).

• *Le couple amant et amante*

Deux scènes seulement présentent Chimène et Rodrigue.

Dans la scène 4 de l'acte III, les deux jeunes gens se rencontrent en la présence silencieuse d'Elvire. C'est pour Rodrigue l'occa- sion de s'expliquer sur la mort du comte (« Qui m'aima géné- reux me haïrait infâme », v. 890) et pour Chimène de défendre sa position (« Tu t'es, en m'offensant, montré digne de moi ; / Je me dois, par ta mort, montrer digne de toi. », v. 931-932).

Plus loin, dans la scène 1 de l'acte V, Chimène cherche à per- suader Rodrigue de vaincre don Sanche (« Sors vainqueur d'un combat dont Chimène est le prix », v. 1556). Dans ces deux scènes qui réunissent deux êtres partageant la même idéologie et utilisant un vocabulaire identique (le lexique de l'honneur), l'argumentation perd sa valeur combative et acquiert une fonction démonstrative, comme si, à travers le dialogue argumentatif, chacun des deux amants ne faisait que mettre au jour des pensées connues et admises de l'autre.

Les formes du discours argumentatif

Dans la pièce, le discours argumentatif adopte trois formes : le dialogue à deux voix, le dialogue à plusieurs voix et le monologue.

– Dans le dialogue à deux voix, forme dominante dans la pièce, le système argumentatif est simple : deux personnages exposent leurs sentiments, deux esprits se rencontrent et

essaient de faire valoir leur point de vue dans une alter-
nance de répliques qui se répondent les unes les autres.
La parole est en général équitablement partagée, sauf dans
les duos maîtresse-gouvernante où domine la voix de la maîtresse, expression indirecte de l'idéologie de Corneille qui
limite le droit d'expression des personnages subalternes.
– Dans le dialogue à plusieurs voix, moins fréquent dans le
texte, le système argumentatif est plus complexe : la parole
est distribuée en fonction de la qualité des personnes ou du
contexte dramatique. Ainsi, dans la scène 6 de l'acte II où
don Sanche essaie de calmer la colère du roi à l'encontre de
don Gomès, les répliques de don Fernand sont nettement
plus nourries que celles de ses interlocuteurs don Arias et
don Sanche. Plus loin, dans la scène 8, Chimène et don
Diègue venus demander l'arbitrage du roi monopolisent la
parole tandis que don Fernand, plutôt en position d'écoute,
ne s'autorise que quelques courtes répliques.
Mais les personnages sont également en débat avec eux-mêmes, ce
qui donne lieu dans la pièce à deux monologues argumentatifs.
Le premier (acte I, scène 6), qui met en scène Rodrigue, traduit une tension entre deux valeurs que les circonstances
rendent inconciliables : l'amour et le devoir.
Le second (acte V, scène 2) montre une infante amoureuse,
prisonnière de son rang et de ses actions (elle a « donné »
Rodrigue à Chimène).
Dans ces monologues argumentatifs, la parole se divise, se
complique, révélant les méandres de la délibération intime.
C'est par exemple don Rodrigue tour à tour analysant sa
situation (« L'un m'anime le cœur, l'autre retient mon bras »,
v. 304), s'adressant à lui-même (« N'écoutons plus ce penser
suborneur », v. 337) ou à une abstraction de lui-même,
(« Allons, mon âme ; et puisqu'il faut mourir, / Mourons du
moins sans offenser Chimène », v. 329-330). C'est aussi l'infante, faisant d'abord face à ses démons (« T'écouterai-je
encor, respect de ma naissance, / Qui fais un crime de mes
feux ? », v. 1565-1566) puis amorçant un dialogue fictif avec
l'aimé (« Rodrigue, ta valeur te rend digne de moi ; / Mais

pour être vaillant, tu n'es pas fils de roi », v. 1571-1572)
pour finalement se retrouver seule avec elle-même (« Ainsi
n'espérons aucun fruit / De son crime, ni de ma peine, /
Puisque pour me punir le destin a permis / Que l'amour dure
même entre deux ennemis », v. 1593-1596).

La langue de l'argumentation

Dans *Le Cid*, le discours argumentatif repose principalement
sur trois procédés d'écriture qui, souvent combinés, produi-
sent de puissants effets argumentatifs : les figures de rhétorique, qui sont du domaine de l'éloquence, la syntaxe, qui se
rattache aux modalités du raisonnement, enfin les formes verbales, qui jouent sur la valeur des temps et des modes.

Les figures de rhétorique
Elles sont nombreuses et appuient le sens de la phrase
où elles apparaissent.
On relève notamment :
– La question oratoire
Affirmant avec force l'idée qu'elle présente sous forme
interrogative, elle cherche à convaincre.
Ex. : « Que ne fera-t-il point, s'il peut vaincre le comte ? »
  (acte II, scène 5, v. 534.)

– L'antithèse
Opposant deux termes contradictoires, elle met en
valeur les idées exprimées au moyen du contraste et
crée des effets de surprise.
Ex. : « Une **grande princesse** à ce point s'oublier
  Que d'admettre en son cœur un **simple cavalier** ! »
  (acte I, scène 2, v. 87-88.)

– La parataxe
Procédé qui consiste à supprimer les mots de liaison
entre deux phrases, elle associe sans détour deux idées
auxquelles le raccourci de l'expression donne plus de
force.
Ex. : « Le ciel vous doit un roi, vous aimez un sujet ! »
  (acte V, scène 3, v. 1631.)

– La répétition

Reprise d'un même terme dans la phrase, elle renforce une idée.

Ex. : « **Viens** mon fils, **viens** mon sang, **viens** réparer ma honte ;
Viens me venger. » (acte I, scène 5, v. 266-267.)

– L'anaphore

Reprise d'un même terme à l'initiale de deux vers, elle produit un effet d'insistance.

Ex. : « **Faut-il** laisser un affront impuni ?
Faut-il punir le père de Chimène ? » (acte I, scène 6, v. 309-310.)

– La litote

Expression atténuée d'une idée forte, elle tient sa puissance argumentative de sa retenue même.

Ex. : « L'infante : Que crains-tu ? d'un vieillard l'impuissante faiblesse ?
Chimène : **Rodrigue a du courage.** » (acte II, scène 3, v. 481-482.)

– L'hyperbole

Procédé d'exagération, elle a une valeur démonstrative.

Ex. : « Faut-il combattre encor **mille et mille rivaux,**
Aux deux bouts de la terre étendre mes travaux,
Forcer moi seul **un camp,** mettre en fuite **une armée,**
Des héros fabuleux passer la renommée ? »
(acte V, scène 7, v. 1783-1786.)

– L'énumération

Dénombrant les composants d'un tout ou les différents aspects d'une question ou d'une personne, elle constitue un argument quantitatif.

Ex. : « Rodrigue maintenant est notre unique appui,
L'espérance et l'amour d'un peuple qui l'adore,
Le soutien de Castille, et la terreur du More. »
(acte IV, scène 2, v. 1176-1178.)

– L'ironie

Elle énonce une idée en faisant comprendre le contraire. Outil de la raillerie, elle est un instrument de provocation.

Ex. : « Rodrigue va combattre, et se croit déjà mort ! »
(acte V, scène 1, v. 1476.)

• *Les constructions syntaxiques*
On relève dans la pièce des constructions dominantes qui entrent dans une logique argumentative.

– L'opposition
Elle renforce l'approche comparative.
Ex. : « Si vous fûtes vaillant, je le suis aujourd'hui »
(acte I, scène 3, v. 195.)

– La cause
Elle met en relation une cause et son effet.
Ex. : « Puisqu'il faut qu'il y meure, ou qu'il soit son mari,
Votre espérance est morte, et votre esprit guéri. »
(acte V, scène 3, v. 1603-1604.)

– La symétrie
Elle souligne l'unité derrière une diversité apparente.
Ex. : « Le comte : Es-tu si las de vivre ?
Don Rodrigue : As-tu peur de mourir ? » (acte II, scène 2,
v. 440.)

– La phrase nominale
Dépourvue de verbe, elle présente un concentré de signification.
Ex. : « Pour moi ! mon ennemi ! l'objet de ma colère !
L'auteur de mes malheurs ! l'assassin de mon père ! »
(acte IV, scène 5, v. 1393-1394.)

– L'interrogation
Elle demande une information.
Ex. : « Elvire, m'as-tu fait un rapport bien sincère ? / Ne déguises-tu rien de ce qu'a dit mon père ? » (acte I, scène 1, v. 1-2.)

– L'exclamation
Elle traduit avec force un sentiment ou une idée.
Ex. : « Mourir sans tirer ma raison !
Rechercher un trépas si mortel à ma gloire ! »
(acte I, scène 6, v. 331-332.)

– La construction comparative
Mettant en parallèle deux ou plusieurs alternatives, elle entre dans un système d'évaluation.
Ex. : « Il vaut mieux courir au trépas. » (acte I, scène 6, v. 321.)

• *Les formes verbales*
On relève dans la pièce essentiellement deux formes verbales à valeur argumentative.

– L'impératif
Il conseille ou impose à des degrés divers.
Ex. : « Ne cherche point à faire un coup d'essai fatal ;
         Dispense ma valeur d'un combat inégal ; »
         (acte II, scène 2, v. 431-432.)

– Le conditionnel
Il envisage un fait sur un mode irréel.
Ex. : « Il trouve en son devoir un peu trop de rigueur,
         Et vous obéirait, s'il avait moins de cœur. »
         (acte II, scène 6, v. 587-588.)

Correspondances

–1————————————————————————

• Coupable d'avoir enterré son frère Polynice en dépit des ordres du roi Créon, Antigone est présentée devant son juge qui va essayer de lui faire admettre son point de vue.

« **Créon,** *la secoue soudain, hors de lui.* Mais, bon Dieu ! Essaie de comprendre une minute, toi aussi, petite idiote ! J'ai bien essayé de te comprendre, moi. Il faut pourtant qu'il y en ait qui disent oui. Il faut pourtant qu'il y en ait qui mènent la barque. Cela prend l'eau de toutes parts, c'est plein de crimes, de bêtise, de misère… Et le gouvernail est là qui ballotte. L'équipage ne veut plus rien faire, il ne pense qu'à piller la cale, et les officiers sont déjà en train de construire un petit radeau confortable, rien que pour eux, avec toute la provision d'eau douce pour tirer au moins leurs os de là. Et le mât craque, et le vent siffle, et les voiles vont se déchirer, et toutes ces brutes vont crever toutes ensemble, parce qu'elles ne pensent qu'à leur peau, à leur précieuse peau et à leurs petites affaires. Crois-tu, alors, qu'on a le temps de faire le raffiné, de savoir s'il faut dire "oui" ou "non", de se demander s'il ne faudra pas payer trop cher un jour et si on pourra encore être un homme après ? On prend le bout de bois, on redresse devant la montagne d'eau, on gueule un ordre et on tire dans le tas, sur le premier qui s'avance. Dans le tas ! Cela n'a pas de nom. C'est comme la vague qui vient de s'abattre sur le pont devant vous ; le vent qui vous gifle, et la chose qui tombe dans le groupe n'a pas de nom. C'était peut-être celui qui t'avait donné du feu en souriant la veille. Il n'a plus de nom. Et toi non plus, tu n'as plus de nom, cramponné à la barre. Il n'y a plus que le bateau qui ait un nom et la tempête. Est-ce que tu comprends, cela ?

Antigone, *secoue la tête.* Je ne veux pas comprendre. C'est bon pour vous. Moi je suis là pour autre chose que pour comprendre. Je suis là pour vous dire non et pour mourir. »

Jean Anouilh, *Antigone,* Éd. La Table ronde, 1944.

2

• Condamnée à mort par ses anciennes victimes, la belle et infernale Milady cherche à sauver sa vie.

« Arrivés au bord de l'eau, le bourreau s'approcha de Milady et lui lia les pieds et les mains.

Alors elle rompit le silence pour s'écrier :

"Vous êtes des lâches, vous êtes des misérables assassins, vous vous mettez à dix pour égorger une femme ; prenez garde, si je ne suis point secourue, je serai vengée.

— Vous n'êtes pas une femme, fit froidement Athos, vous n'appartenez pas à l'espèce humaine, vous êtes un démon échappé de l'enfer et que nous allons y faire rentrer.

— Ah ! Messieurs les hommes vertueux ! dit Milady, faites attention que celui qui touchera un cheveu de ma tête est à son tour un assassin.

— Le bourreau peut tuer, sans être pour cela un assassin, Madame, dit l'homme au manteau rouge en frappant sur sa large épée ; c'est le dernier juge, voilà tout : *Nachrichter*, comme disent nos voisins les Allemands."

Et, comme il la liait en disant ces paroles, Milady poussa deux ou trois cris sauvages, qui firent un effet sombre et étrange en s'envolant dans la nuit et en se perdant dans les profondeurs du bois.

"Mais si je suis coupable, si j'ai commis les crimes dont vous m'accusez, hurlait Milady, conduisez-moi devant un tribunal, vous n'êtes pas des juges, vous, pour me condamner.

— Je vous avais proposé Tyburn, dit lord de Winter, pourquoi n'avez-vous pas voulu ?

— Parce que je ne veux pas mourir ! s'écria Milady en se débattant, parce que je suis trop jeune pour mourir !

— La femme que vous avez empoisonnée à Béthune était plus jeune encore que vous, Madame, et cependant elle est morte, dit d'Artagnan.

— J'entrerai dans un cloître, je me ferai religieuse, dit Milady.

— Vous étiez dans un cloître, dit le bourreau, et vous en êtes sortie pour perdre mon frère."

Milady poussa un cri d'effroi, et tomba sur ses genoux.

Le bourreau la souleva sous les bras et voulut l'emporter vers le bateau.

"Oh, mon Dieu ! s'écria-t-elle, mon Dieu ! Allez-vous donc me noyer !"

Ces cris avaient quelque chose de si déchirant que d'Artagnan, qui d'abord était le plus acharné à la poursuite de Milady, se laissa aller sur une souche, et pencha la tête, se bouchant les oreilles avec les paumes de ses mains ; et cependant, malgré cela, il l'entendait encore menacer et crier.

D'Artagnan était le plus jeune de tous ces hommes, le cœur lui manqua.

"Oh ! je ne puis voir cet affreux spectacle ! Je ne puis consentir à ce que cette femme meure ainsi !"

Milady avait entendu ces quelques mots, et elle s'était reprise à une lueur d'espérance.

"D'Artagnan ! d'Artagnan ! cria-t-elle, souviens-toi que je t'ai aimé !"

Le jeune homme se leva et fit un pas vers elle.

Mais Athos, brusquement, tira son épée, se mit sur son chemin.

"Si vous faites un pas de plus, d'Artagnan, dit-il, nous croiserons le fer ensemble."

D'Artagnan tomba à genoux et pria.

"Allons, continua Athos, bourreau, fais ton devoir.

— Volontiers, Monseigneur, dit le bourreau, car aussi vrai que je suis bon catholique, je crois fermement être juste en accomplissant ma fonction sur cette femme.

— C'est bien." »

Alexandre Dumas, *Les Trois Mousquetaires*.

3

• José aime Carmen. Il veut la persuader de reprendre la vie commune avec lui.

« "Carmen, lui dis-je, voulez-vous venir avec moi ?"
Elle se leva, jeta sa sébile, et mit sa mantille sur sa tête comme prête à partir. On m'amena mon cheval, elle monta en croupe, et nous nous éloignâmes.
"Ainsi, lui dis-je, ma Carmen, après un bout de chemin, tu veux bien me suivre, n'est-ce pas ?
— Je te suis à la mort, oui, mais je ne vivrai plus avec toi."
Nous étions dans une gorge solitaire ; j'arrêtai mon cheval.
"Est-ce ici ?" dit-elle.
Et d'un bond elle fut à terre. Elle ôta sa mantille, la jeta à ses pieds, et se tint immobile un poing sur la hanche, me regardant fixement.
"Tu veux me tuer, je le vois bien, dit-elle ; c'est écrit, mais tu ne me feras pas céder.
— Je t'en prie, lui dis-je, sois raisonnable. Écoute-moi ! Tout le passé est oublié. Pourtant, tu le sais, c'est toi qui m'as perdu ; c'est pour toi que je suis devenu un voleur et un meurtrier. Carmen ! ma Carmen ! laisse-moi te sauver et me sauver avec toi.
— José, répondit-elle, tu me demandes l'impossible. Je ne t'aime plus ; toi, tu m'aimes encore, et c'est pour cela que tu veux me tuer. Je pourrais bien encore te faire quelque mensonge ; mais je ne veux pas m'en donner la peine. Tout est fini entre nous. Comme mon rom, tu as le droit de tuer ta romi ; mais Carmen sera toujours libre. *Calli* elle est née, *calli* elle mourra.
— Tu aimes donc Lucas ? lui demandai-je.
— Oui, je l'ai aimé, comme toi, un instant, moins que toi peut-être. À présent, je n'aime plus rien, et je me hais pour t'avoir aimé."
Je me jetai à ses pieds, je lui pris les mains, je les arrosai de mes larmes. Je lui rappelai tous les moments de bonheur que nous avions passés ensemble. Je lui offris de rester brigand pour lui plaire. Tout, monsieur, tout ; je lui offris tout, pourvu qu'elle voulût m'aimer encore !
Elle me dit :
"T'aimer encore, c'est impossible. Vivre avec toi, je ne le veux pas."
La fureur me possédait. Je tirai mon couteau. J'aurais voulu qu'elle eût peur et me demandât grâce, mais cette femme était un démon.
"Pour la dernière fois, m'écriai-je, veux-tu rester avec moi ?
— Non ! non ! non !" dit-elle en frappant du pied.
Et elle tira de son doigt une bague que je lui avais donnée, et la jeta dans les broussailles.
Je la frappai deux fois. »

Prosper Mérimée, *Carmen*.

Principales mises en scène

XVIIᵉ siècle

Le Cid fut créée par la troupe du Marais, avec le célèbre comédien Mondory dans le rôle de Rodrigue. Son jeu très déclamatoire et une mise en scène dramatisée assurèrent le triomphe de la pièce. Un même lieu représentait l'appartement du roi, celui de l'infante, la maison de Chimène et la rue. Les compartiments représentant ces lieux étaient fermés par des tapisseries qu'on relevait en fonction des besoins.

XVIIIᵉ siècle

Présentée à la Comédie-Française, la pièce subit des modifications. Le rôle de l'infante est réduit pour être finalement supprimé, ce qui entraîne un réaménagement des scènes. Parfois aussi, on supprime l'exposition pour commencer la pièce par la querelle du comte avec don Diègue. La pièce ne sera reprise dans sa version intégrale qu'en 1872.

XIXᵉ siècle

La pièce est jouée en 1842 par le comédien romantique Beauvallet qui donne au personnage de Rodrigue une dimension déclamatoire et par la célèbre Rachel qui développe chez Chimène le sentiment amoureux au détriment du désir de vengeance.

Reprise en 1862 par Mounet-Sully, la pièce enthousiasme le public parisien. Dans son interprétation très mesurée du rôle de Rodrigue à qui il donne une profondeur et une complexité nouvelles, l'acteur marque durablement le rôle (jusqu'en 1913).

XXᵉ siècle

À partir des années 50, ce sont non plus les acteurs mais les metteurs en scène qui imposent leur interprétation de la pièce. En 1949, Jean Vilar, le directeur du Théâtre national populaire propose une version rajeunie du *Cid* dans la cour d'honneur du palais des Papes à Avignon. En 1951, à Avignon également, l'acteur Gérard Philipe insuffle au personnage de Rodrigue sa jeunesse, sa beauté, sa sensibilité. Le comédien devient aux yeux du public la réincarnation flamboyante de Rodrigue.

En 1969, prenant le contrepied de la tradition mise en place par l'équipe Jean Vilar-Gérard Philipe, une mise en scène de Planchon au Théâtre national populaire de Villeurbanne présente la tragédie sous l'angle de la dérision.

Plus tard, la mise en scène de Terry Hands en 1977 pour le compte de la Comédie-Française présente les personnages en costumes médiévaux japonais. La scène devient le lieu d'une sorte de déchaînement collectif auquel la critique refuse d'apporter sa caution.

En 1985, le comédien Francis Huster présente au théâtre du Rond-Point sa propre version. Renouant avec la fougue du personnage de Rodrigue, il donne à la pièce une tournure shakespearienne en lui ajoutant des motifs de son propre cru : il fait lire à Corneille l'*Examen* de sa pièce, introduit des personnages supplémentaires — une bâtarde, une demoiselle de cour, une favorite du roi, un bouffon.

Jugements critiques

Un succès fou

« Je vous souhaiterais ici pour y goûter, entre autres plaisirs, celui des belles comédies, qu'on y représente, et particulièrement d'un *Cid* qui a charmé tout Paris. Il est si beau qu'il a donné de l'amour aux dames les plus continentes [*réservées*], dont la passion a même plusieurs fois éclaté au théâtre public […]. La foule a été si grande à nos portes et notre lieu s'est trouvé si petit que les recoins du théâtre qui servaient les autres fois comme de niches aux pages ont été des places de faveur pour les cordons bleus [*Chevaliers de l'ordre du Saint-Esprit*]. »

Lettre du comédien Mondory
à Guez de Balzac, le 28 janvier 1637.

« Il est malaisé de s'imaginer avec quelle approbation cette pièce fut reçue de la cour et du public. On ne se pouvait lasser de la voir, on n'entendait autre chose dans les compagnies, chacun en savait quelque partie par cœur, on la faisait apprendre aux enfants, et en plusieurs endroits de la France il était passé en proverbe de dire : "Cela est beau comme *Le Cid*." »

Pelisson, *Relation contenant l'histoire de l'Académie française*, 1653.

Corneille, porte-voix des grands seigneurs ou allié de Richelieu ?

« Le fait est que la pièce est remplie d'aphorismes [*sentences*] qui, en dépit de leur allure toute générale, peuvent passer pour la condamnation de la politique de Richelieu, telle que les contemporains la voyaient. Que Corneille l'ait voulu consciemment, ce n'est pas probable. Il traduisait des sentiments répandus autour de lui, une opinion publique qui était spontanément contraire au despotisme [*tyrannie*] même quand elle ne pensait pas à le combattre. *Le Cid*, avec ses formules intransigeantes sur les duels, l'honneur et la réparation par les armes, avec ses deux combats singuliers, aussi glorieux l'un que l'autre pour le héros, avec son atmosphère de fierté et d'indiscipline, n'avait rien en tous cas qui pût servir dans le public les vues de Richelieu. Dans la voix de don Gormas, et même dans celle de Rodrigue et de don Diègue, le public pouvait reconnaître, comme dit Sainte-Beuve [*critique du XIXᵉ siècle*] dans *Nouveaux Lundis*, "l'écho de cette altière et féodale arrogance que Richelieu achevait à peine d'abattre et de niveler [*maîtriser*]". »

Paul Bénichou,
Morales du Grand Siècle, Gallimard, 1948.

Le Cid, une œuvre de sentiment

« On n'avait point su encore parler au cœur chez aucune nation. Cinq ou six endroits très touchants, mais noyés dans la foule des irrégularités de Guilhem de Castro, furent sentis par Corneille, comme on découvre un sentier couvert de ronces et d'épines. »

Voltaire, *Commentaires* (Préface du *Cid*), 1764.

Le Cid, une œuvre de liberté

« La querelle peut faire sourire. Pourtant, elle laissait au poète une amertume qui ne se dissipa pas de sitôt, et devait l'assombrir, peser sur ses rapports avec la critique et infléchir son œuvre. Surtout, elle mettait en lumière une idée fondamentale. La tragédie doit, pensent Chapelain, Scudéry et d'Aubignac [*écrivains contemporains de Corneille*], qui s'exprimera plus tard fort nettement, si dans la querelle du *Cid* on ne constate pas sa présence, "sauver la bienséance", "enseigner des choses qui maintiennent la société civile". À cette conception moralisante et conformiste, Corneille oppose la sienne, qu'il formulera de façon lapidaire [*concise*] plus tard : "L'art n'a pour but que le divertissement", et "Toutes les vérités sont recevables dans la poésie." Cette conception réaliste le met en dehors, et au-dessus, de sa génération. Querelle du *Cid*, dit-on ordinairement. Mieux vaudrait dire scandale du *Cid* ; scandale que provoque l'affirmation d'un tempérament vigoureux, éloigné de la pensée grégaire [*individualiste*]. Par quelque côté, Corneille sera toujours un isolé. »

Georges Couton,
Théâtre complet de Corneille, Garnier Frères, 1971.

Le point de vue d'un acteur

« J'étais dans la loge de Gérard Philipe à Suresnes, tandis qu'on l'interviewait pour la radio. Il venait de jouer *Le Cid*. Sur sa table de maquillage traînait une édition scolaire de Corneille, presque hors d'usage [...].
– Eh bien mes chers auditeurs, disait la "représentante de la presse parlée", je voudrais maintenant poser une autre question à Gérard Philipe. Nous avons tous été surpris par le non-vieillissement de cette pièce qui a pourtant été écrite il y a trois siècles. *Le Cid* a gardé une étonnante jeunesse. Voulez-vous dire, Gérard Philipe, à quoi vous attribuez cette jeunesse encore actuelle du *Cid* ?
Il n'y eut pas un cinquième de seconde de "blanc". La sobre et décisive réponse de Gérard Philipe jaillit sans que sa figure se soit départie de son impassibilité :
– À Pierre Corneille, madame. »

Georges Léon, *Gérard Philipe*, Gallimard, 1960.

Le vocabulaire cornélien dans *Le Cid*

Adorer
Aimer passionnément.

Aimable
Digne d'être aimé.

Amant(e)
Celui ou celle qui aime.

Âme
Siège de la volonté.

Amitié
Amour.

Appas
Attraits.

Balancer
Hésiter.

Cavalier
Gentilhomme.

Charme
Sortilège.

Cœur
1. Siège des sentiments. 2. Courage.

Décevoir
Tromper.

Déplaisir
Désespoir.

Déplorable
Digne de faire pleurer.

Devoir
Obligation morale que le héros cornélien éprouve à l'égard de son père ou de son amant(e).

Digne
Noble.

Discours
Propos.

Ennui
Désespoir.

Estime
Respect que l'on se doit à soi-même, haute idée que se fait de lui-même le héros cornélien.

Étonné
Frappé de stupeur, comme par le tonnerre.

Étrange
Extraordinaire.

Fatal
Funeste, mortel.

Fers
Métaphore suggérant la puissance de l'amour.

Feu
Métaphore traduisant la passion.

Fier
Cruel.

Flamme
Métaphore traduisant la passion.

Flatter
Entretenir une illusion agréable.

Foi
Engagement amoureux.

Funeste
Qui apporte le malheur ou la mort.

Gêner
Torturer.

Générosité
Noblesse de sentiment, oubli de soi-même, bravoure.

Gloire
Haute idée que le héros cornélien se fait de lui-même.

Hasard
Danger.

Honneur
Respect de soi-même qui règle la conduite du héros cornélien.

Infâmie
Déshonneur.

Maison
Famille, lignée.

Maîtresse
Femme aimée.

Mérite
Qualités morales d'un esprit noble.

Objet
Personne aimée.

Querelle
1. Cause. 2. Dispute.

Ravir
Transporter de joie ou d'admiration.

S'intéresser à
Prendre parti pour.

Soin
Souci, inquiétude.

Soufflet
Coup donné avec la main sur la joue, généralement pour provoquer un adversaire en duel.

Succès
Issue.

Transport
Agitation, trouble, colère.

Troubler
Bouleverser.

Valeur
Vaillance.

Venger
Chercher à réparer une offense.

Vertu
Courage, force d'âme.

Lexique
de la lecture méthodique

Acte
Partie d'une pièce de théâtre qui correspond à une étape importante dans le déroulement de l'action. Un acte présente un groupement de scènes autour d'un événement essentiel.

Action
Série d'événements qui, dans une pièce de théâtre, constitue l'intrigue. L'action a un commencement, un développement et un dénouement.

Alexandrin
Vers de douze syllabes.

Alliance de mots (oxymore)
Rapprochement audacieux de deux mots dont le sens est contradictoire. Exemple : *aimable tyrannie* (v. 312) ; *obscure clarté* (v. 1273).

Allitération
Reprise expressive d'une même consonne dans un vers ou une phrase.

Anaphore
Reprise d'un mot ou d'un groupe de mots en début de phrase ou de vers. Exemple : *Ce sang qui tant de fois garantit vos murailles, / Ce sang qui tant de fois vous gagna des batailles* (v. 661-662).

Antithèse
Rapprochement dans une phrase de deux termes opposés par le sens. Exemple : *Ton bras est* **invaincu** *mais non pas* **invincible** (v. 418).

Apostrophe
Interpellation.

Argumentatif (discours)
Paroles dont l'objectif est de convaincre.

Assonance
Reprise d'une même voyelle dans un vers ou une phrase.

Baroque
Mouvement artistique qui, au début du XVIIe siècle, privilégie la fantaisie et le mouvement.

Bienséance
Attitude, comportement qui ne choque ni la morale ni la religion (règle fondamentale du théâtre classique).

Champ lexical
Ensemble de mots développant un même thème. Exemple : champ lexical de l'amour.

Chiasme
Reprise des termes d'une phrase en ordre inversé. Exemple : *En cet affront, mon père est l'offensé et*

l'offenseur le père de Chimène
(v. 299-300).

Connecteur logique
Terme de liaison (conjonction, adverbe, etc).

Coup de théâtre
Événement inattendu qui stimule et réoriente l'action.

Décasyllabe
Vers de dix syllabes.

Délibératif (discours)
Discours dans lequel un personnage analyse tous les aspects d'un problème dont il cherche la solution.

Dénouement
Partie finale d'une pièce de théâtre, dans laquelle l'action se termine.

Dilemme
Problème présentant deux solutions opposées entre lesquelles un personnage doit choisir.

Effet dramatique
1. Qui change le cours de l'action.
2. Qui surprend et frappe l'imagination.

Épique (style)
Style qui célèbre l'héroïsme, la grandeur, les actions exceptionnelles notamment au moyen des figures de style (hyperbole, répétition, antithèse) et du vaste mouvement du vers ou de la phrase.

Exposition
Premières scènes d'une pièce, dans lesquelles l'auteur présente les personnages, expose la situation de départ et donne des indications sur le lieu et le moment de l'action.

Figure de style
Procédé d'expression permettant de donner de l'expressivité à la phrase. Exemple : la comparaison, l'énumération.

Fonction d'une scène
Rôle d'une scène dans la progression de l'action. Exemple : scène de transition, scène assurant la relance de l'action.

Fonction d'un personnage
L'utilité d'un personnage sur un plan technique. Exemple : agent du dénouement.

Hyperbole
Figure de style qui correspond à une exagération, à un grossissement. Exemple : *Et nous faisons courir des **ruisseaux de leur sang*** (v. 1291).

Ironie
Raillerie qui consiste à dire le contraire de ce qu'on exprime. Exemple : *Rodrigue va combattre, et se croit déjà mort !* (v. 1476).

Litote
Figure de style qui consiste à exprimer un sentiment fort sous une forme atténuée. Exemple : *Va, je ne te hais point* (v. 963).

Lyrique (style)
Style qui exprime des émotions sur un ton sentimental et poétique.

Métaphore
Comparaison dans laquelle on a supprimé le terme comparatif. Exemple : *Et la terre, et le fleuve, et leur flotte, et le port, / Sont des champs de carnage où triomphe la mort* (v. 1299-1300).

Monologue
Scène dans laquelle un personnage unique s'exprime à voix haute.

Octosyllabe
Vers de huit syllabes.

Pathétique
Poignant, déchirant.

Péripétie
Événement intervenant dans l'action.

Périphrase
Expression évoquant une personne, un objet, un lieu sans le nommer. Exemple : *ce que j'aimais le mieux* (v. 1708) pour désigner Rodrigue.

Personnification
Figure de style qui consiste à attribuer à un objet ou à une notion abstraite un comportement humain. Exemple : *Ô rage ! ô désespoir ! ô vieillesse ennemie !* (v. 237).

Point de vue
Angle à partir duquel un auteur donne à voir un personnage ou une situation.

Préciosité
Affectation dans la conduite et dans le langage. Attitude intellectuelle caractéristique du XVIIe siècle.

Question rhétorique
Fausse question, question qui n'attend pas de réponse.

Quiproquo
Situation dans laquelle on attribue à des paroles ou à des actions un sens qu'elles n'ont pas.

Règles
Code auquel doivent se soumettre les auteurs dramatiques au XVIIe siècle.

Réplique
Chaque prise de parole dans le dialogue.

Rythme
Mesure, cadence d'un vers ou d'une phrase.

Scène
Partie d'un acte qui correspond à l'arrivée ou au départ d'un ou de plusieurs personnages.

Stance
Monologue constitué d'un ensemble de strophes en vers de longueur variée.

Stichomythie

Dialogue au cours duquel un vers se décompose en plusieurs échanges de répliques.

Synecdoque

Figure de style exprimant la partie par le tout. Exemple : *Ton bras* (c'est-à-dire toi-même) *est invaincu, mais non pas invincible* (v. 418).

Tirade

Longue suite de vers qu'un personnage récite sans interruption.

Tonalité

Ton dominant d'un texte. Exemple : tonalité poétique, pathétique.

Tragédie

Pièce de théâtre développant une action sérieuse dont le sujet est emprunté à l'histoire ou à la légende. Elle met en scène des personnages illustres en lutte contre le destin et cherche à provoquer chez le spectateur des sentiments de crainte et de pitié par l'exposé des passions humaines.

Tragi-comédie

Genre dramatique à la mode en France dans le premier quart du XVIIe siècle. Une tragi-comédie présente un sujet romanesque souvent né de l'imagination d'un auteur. Elle développe une action riche en rebondissements et ne recule pas devant le mélange des tons. Son dénouement est heureux, comme dans la comédie.

Transition (scène de)

Scène courte qui fait le lien entre deux scènes importantes.

Unité d'action

Règle du théâtre classique selon laquelle une pièce ne doit développer qu'un seul sujet.

Unité de lieu

Règle du théâtre classique selon laquelle une pièce doit se dérouler dans un lieu unique.

Unité de temps

Règle du théâtre classique selon laquelle l'action d'une pièce ne doit pas dépasser vingt-quatre heures.

Vers-sentence

Vers qui par son rythme, ses sonorités, sa construction et son sens ressemble à une maxime ou à une sentence.

Vraisemblance

Caractère de ce qui paraît vrai (mais qui ne l'est pas forcément).

Éditions du *Cid*

Corneille, *Œuvres complètes*, Gallimard, 1980, collection « la Pléiade », tome 1.

Corneille, *Théâtre complet*, Garnier Frères, 1971, tome 1.

Dictionnaire

Dictionnaire du français classique, Larousse, 1971.

Ouvrages sur Corneille

S. Doubrovsky, *Corneille et la dialectique du héros*, Gallimard, 1963.

M. Fumaroli, *Héros et orateurs. Rhétorique et dramaturgie cornéliennes*, Droz, 1990.

L. Herland, *Corneille par lui-même*, Le Seuil, 1954.

J.-C. Joye, *Amour, pouvoir et transcendance chez Pierre Corneille*, Peter Lang, 1986.

O. Nadal, *Le Sentiment de l'amour chez Pierre Corneille*, Gallimard, 1948.

J. Schérer, *Le Théâtre de Corneille*, Nizet, 1984.

A. Stegmann, *L'Héroïsme cornélien, genèse et signification*, Armand Colin, 1982.

M. O. Sweetser, *La Dramaturgie de Corneille*, Droz, 1977.

Ouvrages sur *Le Cid*

A. Adam, « À travers la querelle du "Cid" », *Revue d'histoire de la philosophie et d'histoire générale de la civilisation*, 15 janvier 1938, p. 29-52.

A. Couprie, *Pierre Corneille*, « *Le Cid* », Presses universitaires de France, collection « Études littéraires ».

R. Pintard, *De la tragi-comédie à la tragédie : l'exemple du « Cid »*, dans *Les Mélanges J. A. Vier*, Klincksieck, Paris, 1973.

Ouvrages sur le XVIIᵉ siècle

A. Adam, *Le Théâtre classique*, Presses universitaires de France, 1970, collection « Que sais-je ? ».

P. Bénichou, *Morales du Grand Siècle*, Gallimard, 1948, collection « Idées ».

J. Schérer, *La Dramaturgie classique en France*, Nizet, 1962.

J.-C. Tournand, *Introduction à la vie littéraire du XVIIᵉ siècle*, Bordas, 1970.

Adaptation cinématographique

Le Cid d'Anthony Mann (1961), avec Charlton Heston dans le rôle de Rodrigue et Sophia Loren dans celui de Chimène.

CRÉDIT PHOTO : p. 7,,"Ph. © Bernand." • p. 17,,"Ph. © Enguérand. / D. R. / T." • p. 31,,"Ph. © Archives Larbor. / T." • p. 32,,"Et reprise page 8. Ph. © Giraudon. / T." • p. 52,,"Ph. © Agence de Presse Bernand. / T." • p. 101,,"Ph. © Enguérand. / Agnés Varda. / T." • p. 125,,"Ph. © B. Enguérand. / T." • p. 160,,"Ph. © Marc Enguérand. / T."

Direction de la collection : Pascale MAGNI.
Direction artistique : Emmanuelle BRAINE-BONNAIRE.
Responsable de fabrication : Jean-Philippe DORE.

Compogravure : P.P.C. – Impression MAME. N° 99122148. Dépôt légal : 1ʳᵉ éd. août 1998.
N° de projet : 10073400 (IV) 125. Dépôt légal : janvier 2000.